외국어를 배워요,
영어는 아니고요

외국어를 배워요,
영어는 아니고요

좋아서 하는 외국어 공부의 맛

곽미성 지음

마음에 품고 사는 다른 나라

프랑스에 살다 보니 프랑스를 사랑해서 프랑스어까지 배운 외국인들을 자주 보게 된다. '세계인이 사랑하는 나라' 순위를 만들면 프랑스가 단연 선두가 아닐까 싶어질 정도다. 프랑스를 사랑하는 외국인 중 내게 가장 의아한 인물은 미국의 영화배우이자 감독인 브래들리 쿠퍼였다. 〈스타 이즈 본 Star Is Born〉을 눈이 퉁퉁 붓도록 울면서 보고 '연기 잘하는 배우가 연출까지 완벽하다니' 하며 인터뷰 영상을 검색해 봤는데, 그는 프랑스어도 너무나 유창하게 구사하고 있었다. 그때부터 나의 관심은 영화보다도 그의 프랑스어가 됐고, 프랑스 언론과의 인터뷰에서 그가 프랑스어로 이렇게 말하는 것을 보았다. "저는 프랑스에 있는 게 참 좋아요. 열여덟 살에 1년 동안 프랑스 남부에서 공부한 적이 있는데, 이후로 프랑스에 자주 와요. 이상한 일이지만 여기에 오면 제가 더 부드러운 사람이 되는 것 같아요."

미국 작가 폴 오스터의 자전적 이야기 〈빵 굽는 타자기〉에는 파리에서 보낸 시절이 자주 등장한다. 고등학교를 마친 직후 파리에서 몇 주를 보낸 그는 컬럼비아 대학에서 프랑스 문학을 공부하며 파리 연수 프로그램에 다녀왔고, 대학을 마친 이후에는 프랑스에서 살기도 했다. 이 글에서 그는 젊은 시절 프랑스에 간 것에 대해 이렇게 썼다. "지금 내가 원하는 것은 쭈그리고 앉아서 글을 쓰는 것뿐이다. 그때의 자기성찰과 자유를 되찾을 수만 있다면, 쭈그리고 앉아서 글을 쓰기에는 가장 좋은 상태가 될 것 같았다." '그때의 자기성찰과 자유를' 찾아 그는 파리를 택했고, 이곳에서 파리 예술계의 중심에 있던 프랑스 시인 자크 뒤팽Jacques Dupin을 만나 오랫동안 우정을 쌓으며 말라르메Mallarmé, 시므농Simenon, 주베르Joubert 등 프랑스 작가들의 글을 번역했다. 그의 작품세계에 이 시기의 프랑스 체류가, 프랑스 작가들이 어떤 영향을 미쳤을지 궁금하다.

그뿐 아니다. 파리 10구 생마르탱 운하 근처를 포함해

런던, 베를린 등을 오가며 살고 있다는 미국 출신의 세계적인 베스트셀러 작가 더글라스 케네디는 프랑스 매체와의 인터뷰 대부분을 프랑스어로 진행하는데, 얼마 전 신간 출간 후 있었던 TV 인터뷰에서 "프랑스는 나의 나라고, 나는 프랑스를 사랑합니다"라는, 무척 오글거리는 프로모션 멘트를 프랑스어로 하는 것을 본 적이 있다.

외국어로서 프랑스어를 구사하는 영미권, 제3국 창작자들에게 나는 묘한 동질감을 느낀다. '이들도 나처럼 인생의 한때 프랑스를 마음에 품고, 그 좋아하는 마음 하나로 프랑스어를 배우는 시간을 보냈구나', '이들도 다른 나라를 만나 삶이 크게 확장되는 경험을 해 봤겠구나' 싶어서.

많은 이들이 '다른 나라'를 마음에 품고 산다. 그것은 자신이 나고 자란 현재의 땅을 사랑하는 것과 별개의 문제다. 자발적인 선택이 대개 그렇듯이, 마음에 품고 사는 다른 장소에는 개인적이고 내밀한 취향과 꿈, 이상이 담겨 있기 마련이다. 그것은 또한 구체적으로 예정된 가까운 미래의 행복이라고 할 수 있다. 다른 곳을 향한 열망과 그리움은, 역설적으로 현재를 더 잘 살기 위한 노력에서 만들어지는지도 모른다. 이 세상 어딘가에 내가 오롯이 '나'일 수 있는 어떤 곳이 있다는 사실은, 때로 현재를 살아 내는 데 가장 큰 위로가 되니까.

내게도 '다른 나라'가 있다(거주지가 된 프랑스는 내게 더 이상 '다른 나라'가 아니다). 떠올리기만 해도 좋아서 입꼬리가 올라가고, 그곳에 갈 수 있는 언젠가를 생각하면 당장의 고된 시간도 그럭저럭 견딜 만해지는 곳. 바로 이탈리아다.

나와 아무런 연고도 인연도 없던 이탈리아가 언제부터 그렇게 특별한 곳이 됐는지 기억을 더듬어 보면, 한 가지 사건이 있었다. 아주 오래전 유학생이 된 딸을 보러 온 엄마와 함께 이탈리아를 여행할 때의 일이다.

엄마와 나는 밀라노 중앙역에서 로마행 기차표를 사려고 줄을 서고 있었다. 일찌감치 갔는데도 기차 시간이 임박할 때까지 표를 살 수 없었다. 이탈리아가 유로화가 아닌 리라화를 사용하던, 인터넷 예매 같은 건 (유럽에서는) 상상도 못 하던 시절이다. 이탈리아 사람들은 매표구 앞에만 서면 하나같이 세상 억울한 표정이 되었고, 무슨 사연인지 매표원과 끝없는 대화를 주고받았다. 그 뒤에서 발만 동동거리던 우리에게 누군가 열차 내에서 직접 기차표를 살 수 있다고 알려 주었다. 우리 모녀는 태어나서 처음, 그것도 외국에서 무임승차를 하게 됐다.

옛날 유럽 영화에서나 볼 수 있는, 여러 개의 작은 칸으로 구성된 기차였다. 복도에서 문을 열고 들어가니 마주 보는 두 개의 긴 의자가 있었고, 대여섯 명의 이탈리아 사람들이 앉아 있었다. 20대로 보이는 여자, 갓난아기를 안은 여자, 10대 후반의 여자, 젊은 남자, 노년의 남자 등이 있었던 것으로 기억한다. 겁 많은 우리 모녀는 생애 첫 무임승차에 "괜찮겠지?" 같은 말만 연발하며 전전긍긍했다.

얼마 후 제복을 입은 중년의 남성 검표원이 우리 칸에 들어왔다. 표를 달라는 그의 제스처를 보자마자, 나는 사람들이 너무 많아 표를 살 수 없었고 지금 표를 사겠다고 영어로 말했다. 그리고 첫 번째 난관이 닥쳤다. 언어 문제였다. 검표원은 영어를 하지 못했다. 밀라노에서 지낸 며칠의 경험으로 이탈리아어와 프랑스어에 비슷한 단어가 많다는 것을 알고 있었던 나는, 초급 수준의 프랑스어로 다시 사정을 말했다. 그러자 검표원은 한숨을 쉬더니 다른 승객들에게 토로하기 시작했다. 나만 알아들을 수 없는 이탈리아어가 한참 이어졌다. '이 열차에서 일어날 수 있는 최악의 상황은 벌금으로 100만 원쯤 내는 것일까, 열차에서 쫓겨나는 것일까? 설마 구치소 같은 데 끌려가는 건 아니겠지?' 걱정을 하던 기억이 난다. 검표원의 말이 끝나고 잠시 침묵이 흘렀다. 안 되겠다 싶었는지 맞은편에 앉아 있던 여성이 내게 느릿느릿한 프랑스어로 통역해 주었다. 이 검표원은 로마까지 가는 표를 결제해 줄 수 없다, 다음 역까지 가는 운임을 우선 내고 다음에 타는 검표원에게 사정을 설명한 후 로마까지의 요금을 계산하라는 말이었다. 선뜻 이해할 수 없는 논리지만, 달리는 기차에서 뛰어내리지 않아도 된다는 사실에 안도한 우리는 바로 신용카드를 내밀어 다음 역까지의 운임을 계산했다.

이내 우리에게는 새로운 걱정거리가 생겼다. 유일한 소통창구가 된 내 앞자리의 여자가 다음 역에서 내린다는 사실을 알게 된 것이다. 다음 검표원에게는 또 이 복잡한 상황을 어떻게 말하고 표를 계산한다는 말인가! 내가 이런 걱정을 늘어놓자, 여자는 사람들에게 이탈리아어로 뭔가를 말하기 시작했다. 그렇게 우리 모녀를 둘러싼 진지하고 활발한 이야기 한마당이 벌어진 얼마 후, 여자가 밝은 표정으로 말했다. 여기 남아 있는 사람들이 다음 정거장에서 검표원에게 다 설명해 줄 테니 걱정하지 말라고. 우리는 한국식으로 고개를 연신 조아리며 사람들에게 "메르씨"와 "그라치에"와 "땡큐"를 연발했다. 큰일을 앞둔 공동체의 묘한 흥분과 어색한 웃음이 기차 칸을 채웠다.

여자가 내리고 새로운 검표원이 문을 열었을 때, 우리 칸 사람들은 입이 있어도 말하지 못하는 우리 모녀의 무임승차 사연을 앞다투어 설명하기 시작했다. 우리 둘도 할 일을 했다. 밀라노 중앙역 매표소 앞 이탈리아 사람들이 그랬듯이, 최선을 다해 억울하고 사연 많은 표정을 지어 보였다. 마침내 검표원이 고개를 끄덕이며 그 역에서 로마까지 가는 티켓의 운임을 적어서 보여 주었다. 여기서 두 번째 난관이 등장했다. 우리가 기다렸다는 듯 신용카드를 내밀자, 검표원이 "노 크레딧카드!" 하며 단호하게 고개를 저었던 것이다. 물론 "앞선 검표원은 카드를 받았는데 이번엔 왜 안되는 거죠?"라고 말이라도 해 볼 수는 없었다. 말이라도 해보는 게 그 순간 가장 어려운 일이었으므로. 우리는 당시 여행 책자에서 유럽 기차를 탈 때 꼭 챙겨야 할 것으로 강조되던 복대를 열고 리라화 지폐 몇 장을 꺼냈다. 그런데 검표원의 표정이 다시 어두워졌다. 세 번째 난관이었다. 그가 이탈리아어로 무언가를 말했고, 우리 칸 사람들도 잠시 당황하는 표정이 됐다. 다시 시끄러워졌다.

곧이어 나는 사람들로부터 엄청난 미션을 부여받았다.

11

이탈리아어였을 그 말들을 내가 어떻게 알아들었는지 모르겠다. 그들은 내게 다음 역에서 뛰어나가 역 내에 있을 수 있는 현금지급기를 찾은 후 작은 단위의 지폐를 뽑아서 기차가 떠나기 전에 돌아오라고 시켰다. 도대체 다음 역 정차 시간이 몇 분인지도 모르는데, 100미터 22초인 나의 달리기 실력으로 그게 가능한 일인가? 식은땀이 나던 것과 "너 늦게 와서 나 혼자 이 기차 타고 가게 되면 어떡하니?" 걱정하던 엄마의 떨리는 목소리가 아직도 생생하다.

기차가 다음 역에 정차하자마자, 아니 기차의 바퀴가 미처 다 멈추기도 전에, 나는 기차에서 뛰어내려 그 역의 매표소 쪽을 향해 냅다 뛰었다. 정신없이 움직이느라 시간이 얼마나 흘렀는지도 모른 채로 마침내 내가 지폐 몇 장을 손에 쥐고 다시 기차를 향해 달렸을 때, 바로 그때 본 장면 때문에 나는 지금 이 글을 쓰고 있다. 내가 내린 기차 칸 앞의 플랫폼에는 엄마가 혹시 모를 상황에 대비해 모든 짐을 다 들고 내려와 불안하게 서서 나를 향해 얼른 오라는 손짓을 하고 있었고, 그 옆의 기차 창문 밖으로 우리 칸 사람들의 얼굴이 보였다. 그들이 모두 복도로 나와 창문으로 고개를 빼고 격렬하게 손을 흔들고 있었다. 손수건만 없었지, 마치 전쟁에서 살아 돌아온 이탈리아 시골 마을의 병사라도 반기는 양.

나는 모두의 환호 속에 무사히 기차에 올라탔다.

이국 땅에서 말도 통하지 않는 이들에게 이런 응원을 받아 보라. 당신은 그 순간부터 평생 그 나라에 애틋한 마음을 간직하게 된다.

이후 스무 해가 흐르는 동안 프랑스에 살면서 나는 기회만 생기면 국경을 건너 이탈리아에 갔다. 그곳에서 외국인 여행객에게 바가지를 씌우려는 관광지 상인을 지나치지 못하고 호통 치던 젊은 피렌체 여성을 만났고, 로마에서는 꼭 이 음식을 먹어야 한다며 전통 요리 한 접시를 내 테이블에 주문해 주고 홀연히 자리를 뜨는 중년의 직장인들을 만났으며, 묵묵히 함께 5분을 걸어 나를 목적지에 데려다주던 여고생을 만났다. 바티칸 시티의 나이 지긋한 신부님들이 골목길에 모여 진지한 표정으로 젤라토 회동을 갖는 모습을 보았고, 시칠리아섬에서 부모님과 함께 살고 있지만 언젠가 프랑스로 가고 싶어 프랑스어를 배운다는 서른일곱 살의 청년을 만났으며, 젊고 가난한 외국인 커플인 나와 남자친구에게 와인 값을 받지 않았던 셰프도 만났다. 살다가 길을 잃은 것 같은 막막함이 몰려오면 나는 자주 피렌체의 새벽 안개를 떠올리며 "피렌체에 가면 되지 뭐" 중얼거렸고, 이탈리아로 휴가 계획을 잡아 놓은 해에는 1년의 반을 행복하게 지냈다.

하지만 거기까지였다. 마치 거대한 유리벽이 있는 것처럼, 나는 이 나라에 그보다 가까이 다가갈 수 없었다. 늘 구경꾼이었고, 관광객이었으며, 완벽한 타인이자 외부인이었다. 평생 수백 번 이탈리아에 간다고 해도, 아니 이탈리아에서 살게 된다고 해도 나는 구경꾼으로 남을 것이었다. 언어란 그런 것이다. 통하지 않으면 관계를 가로막는 유리벽 같은 것. 프랑스도 내가 프랑스어를 자유롭게 구사하게 되었을 때 비로소 내게 진짜 문을 열어 주었으므로, 나는 이 유리벽에 대해 잘 알고 있다.

매번 여행의 끝에서 이탈리아어를 배워야겠다고 다짐했지만, 파리에 돌아와 이탈리아어 교재를 들척이다 보면 현실적인 의심이 비죽비죽 솟아났다. 영어는 자신이 있나? 내가 지금 이탈리아어를 할 때인가? 학창 시절 입시에 밀려 덮어 두어야 했던 소설책들처럼, 생업과 피곤에 밀려 하지 못했던 경험들처럼 이탈리아어 교재도 점점 책상 끄트머리로 밀려나 먼지만 쌓여 갔다. 그럼에도 종종 '죽기 전에 꼭 하고 싶은 것들'을 이야기할 때면 이탈리아어가 가장 먼저 떠올랐다.

코로나 팬데믹으로 집 밖으로는 한 발도 나갈 수 없었던 봄날의 오후였다, 사람의 자취는 찾아보기 힘든 파리 시내를 창밖으로 내다보다가 나직이 "본조르노, 코메 스타?" 하고 중얼거려 보았던 그날은. 의미 없는 안부 인사가 공기를 타고 흩어졌다. '이런 인사를 주고받는 사람들이 있었지' 떠올리니 기분이 좋았다. 그러다 생각했다. 이제 살면서 꼭 하고 싶던 일들을 하나씩 실행해야겠다고. 의무의 언어에서 벗어나 마음의, 열정의, 즐거움의 외국어를 배울 때가 됐다고. 앞으로 내가 주도하는 삶의 영역을 더 넓게 키우자고.

세상이 멈춘 것 같은 그 순간에도 삶은 계속 흘러가고 있었다.

—————————————— I ——————————————

도망치자, 새로운 언어로
Fuggiamo via, in una nuova lingua

──────── II ────────

이탈리아어가 열어 준 세계
Il mondo aperto dall'italiano

도망치자, 새로운 언어로

Fuggiamo via, in una nuova lingua

파리의 이탈리아 문화원

제일 먼저 구글에 '파리에서 이탈리아어 배우기'를 검색했다. 직업교육으로 정부 지원을 받을 수 있는 수업 프로그램들이 맨 위에 떴고, 온라인 수업 플랫폼이 이어졌다. 온라인 수업이라면 전혀 구미가 당기지 않았다. 팬데믹으로 지난 2년간 온라인의 시간을 지겹게 보낸 데다가 글쓰기, 책 읽기, 영화 보기로 혼자 하는 취미생활은 이미 차고 넘치니까. 그러다 파리의 이탈리아 문화원이 눈에 들어왔다. 이탈리아 어학원이 아니라 이탈리아 문화원이었다. 이탈리아 문화를 사랑하는 파리 사람들과 파리의 이탈리아 사람들이 모이는 곳, 이탈리아를 중심에 두고 어떤 일들이 계속 일어

나는 곳이겠지 상상하니 가슴이 뛰었다.

　파리 이탈리아 문화원 홈페이지는 내가 경험한 이탈리아 도시들과 비슷한 모습을 하고 있었다. 겉으로는 불친절하고 뒤죽박죽으로 보이지만, 한참 들여다보면 나름의 진심과 논리가 느껴지는 점이 마치 로마의 도로 같달까. A4 크기의 전단지를 그대로 스캔해 놓은 듯 화면의 왼쪽만을 차지하는, 그야말로 옛날식(모니터가 정사각형이던 시절에는 딱 맞았을까?) 구성으로, 작고 복잡하게 나열된 프랑스어 내용들이 한눈에 들어오지 않았다. 한참 만에 '이탈리아어 수업'이라는 문구를 찾아냈고, 클릭하니 초보반인 A1반부터 C++반까지의 시간표가 보였다. 수업은 1년 코스와 3개월 코스가 있었다. 9월부터 이듬해 6월까지 한 주 두 시간 수업으로 진행되는 1년 코스를 등록하기에는 이미 늦은 시점이었다. 그렇다면 4월부터 6월까지, 혹은 10월부터 12월까지 주당 세 시간 수업이 진행되는 반으로 들어가야 했다. 그렇게 정하고 초보반 수업 시간표를 보는데 문득 근원적인 의문이 들었다. 나는 과연 초보인가? 그야말로 낫 놓고 기역 자도 모르는 수준으로, 이탈리아어 알파벳도 발음할 줄 모르는데? 아무리 초보라도 나만큼이나 모르는 프랑스인이 과연 있을까? 혹시 초보반에도 선행학습이 필요할까?

한국인다운 걱정이 들어 상담부터 받아야겠다 싶었다.

홈페이지에서 '연락처' 부분을 클릭하니 이런 내용이 떴다.

찾아오세요: 월요일부터 토요일까지 메일로 예약 후 방문

전화: 월, 화, 금요일 10시 30분~12시 30분. 월, 수, 목요일

14시 30분~16시 30분

이번에도 오래 들여다보고서야 월요일은 오전과 오후 두 시간씩 모두 전화를 받고, 나머지 요일은 오전에만 혹은 오후에만 두 시간씩 전화를 받는다는 내용을 이해했다. 전화 개방 시간이 이렇게 짧고 복잡한 이유는 그냥 전화하지 말라는 뜻이 아닐까? 그 의도라면 효과적인 방법이다. 나부터 이 시간표를 보자마자 '전화는 안 되겠군' 하며 바로 포기했으니까. 평일 낮에 노동하는 사람에게는 편치 않은 시간대인 데다가 허락된 요일과 시간을 기억하기 위해서는 알람이라도 설정해 둬야 할 판이었다.

어차피 문화원 분위기가 궁금하기도 해서 찾아가 보기로 하고 검색하니, 문화원의 개관 시간은 매일 10시부터 13시, 14시 30분부터 18시였고, 수요일과 주말은 닫는다고

나와 있었다(수요일에 닫는데 전화는 어떻게 받는 걸까?).

나로서는 회사 점심시간이 시작되는 12시부터 이탈리아 문화원 점심시간이 시작되는 13시 사이밖에는 방문 가능한 시간이 없었다. 그때 '찾아오세요'란에 '메일로 예약 후 방문'이라고 안내되어 있는 게 보였다. 미슐랭 레스토랑도 메일로 예약하라고는 안 할 텐데. 내가 묻고 싶은 건 그저 초보반에 나 같은 왕초보도 들어갈 수 있냐는 것, 혹시 선행학습이 필요하냐는 것, 그것뿐인데……. 여기까지 생각이 미치자 '이건 혹시 진정성 테스트인가? 이탈리아어를 배우기 위해서는 이 정도 수고는 할 수 있어야 한다는 건가?' 하는 의심이 들었다.

메일로 허락을 맡으면서까지 한번 가 보기로 한 것은, 문화원의 위치가 어떤 환상을 불러일으켰기 때문이다. 파리의 이탈리아 문화원은 노트르담 대성당 옆 센강의 좌안에서 '파리의 낭만'을 담당하고 있는 셰익스피어 앤드 컴퍼니 서점 근처에 있었다. 그 위치를 안 순간 아름드리나무가 있는 작은 마당에서 이탈리아 문학을 읽는 사람들의 이미지가 떠올랐고, 그런 곳이라면 그깟 메일 따위 열 통이라도 쓸 수 있을 것 같았다.

3월의 화창한 점심시간, 나는 서둘러 회사에서 나와 샤

틀레 극장에서 시테섬으로 이어지는 다리를 뛰다시피 건너고 있었다. 그리고 셰익스피어 앤드 컴퍼니 서점을 지나 도착한 곳은, 주소를 몰랐다면 헌책방이나 여행사쯤으로 여기고 그냥 지나쳤을 만한 아주 작은 상점 같은 곳이었다. 홈페이지 디자인과 비슷한 컬러의 전단지가 잔뜩 붙은 통유리창 사이로 안을 보니, 사방이 온갖 서류더미로 가득한 공간에서 여성 두 명이 역시 서류더미가 높이 쌓인 책상에 나란히 앉아 업무를 보고 있었다.

씩씩하게 "본조르노" 하면서 들어가니 두 여성이 고개를 들며 시큰둥하게 "본조르노"라고 인사했다. 그 이상의 이탈리아어를 할 수 없는 나는 프랑스어로 용건을 말했다. "메일로 예약한 사람인데요, 이탈리아어 초보반 수업을 들으려고 하는데 제가 알파벳은 물론이고, 아는 게 하나도 없어서요. 지금 시작해도 될지 궁금해서……."

자신을 '발레리'라고 소개한, 둘 중 나이가 더 있어 보이는 여성이 서둘러 말했다. "초보반은 다 그래요. 이탈리아어를 하나도 모르는 사람들이에요." 내가 재차 "정말 알파벳 읽을 줄도 모르는데요? 프랑스 사람들은 그래도 기초는 있지 않나요?" 묻자, 발레리는 뭐 그런 걸 묻냐는 듯 "그렇다니까요. 그러니까 초보반이죠" 하고는 본인이 궁금한 것을 물었다.

"4월에 시작하는 초보반이면, 수, 목, 금 아침 시간과 월, 목 저녁 시간이 있어요. 언제가 좋으세요?"

홈페이지에서 수업 시간표를 봤던 내가 곧바로 "평일은 힘들 것 같고요, 주말만 가능해요" 하자 발레리의 표정이 어두워졌다.

"다른 날은 전혀 안 돼요?"

나는 잠시 일주일에 하루인데 저녁 7시에 시작해 10시에 끝나는 일정에 맞춰 볼 수 있을까 고민하다가, 그러고 나면 일주일의 생활리듬 전체가 무너지리라는 데 생각이 미쳤다. 언제부터인지 한번 무너진 일상의 리듬을 복구하는 게 너무 힘들다. 내게 저녁 10시는 잠자리에 들어야 한다고 휴대전화 알람이 울리는 시간이고, 이를 지키기 위해 나는 웬만해서는 저녁 약속을 잡지 않는다.

"아, 그건 불가능해요. 저는 토요일만 가능해요."

발레리는 "수강인원이 최소 여덟 명이 채워져야 수업이 열리는데, 될지 모르겠네요" 하며 곤란한 표정을 짓더니 금세 문제없다는 표정으로 "이것부터 작성하세요" 하며 수강신청서를 주었다. 그리고 얼떨결에 신청서를 받아 인적사항을 적고 있는 내게 물었다. "결제는 수표만 가능해요. 금액을 수표 두 장으로 나누어서 결제하셔도 되고요. 어떻게 하시겠어요?"

수업이 개설될지도 확실하지 않은데 돈까지 내라고? 의문이 잠시 스쳤으나, 수표만으로 결제할 수 있다면 어쨌든 한 번은 다시 와야 했다. 참고로 프랑스에서 사용하는 수표란 일종의 백지수표다. 일련번호가 부여된 은행 수표 위에 금액과 수혜자의 이름을 쓰고 서명을 해서 주면, 추후 수혜자가 자신의 은행에 전달해 입금받는 시스템이다. 수혜자가 은행에 전달하지 않으면 결제가 되지 않고, 발행자의 잔고가 넉넉지 않아도 수혜자가 확인할 수 없는 등 여러모로 번거로운 점이 많아 점점 사라지는 추세다. 이탈리아 문화원의 수강신청 방법이 신청서를 수기로 써서 우편으로 보내거나, 메일로 약속을 잡은 후 문화원에 방문해 제출하는 방법뿐임을 생각하면, 디지털 시대에 수표만을 고집하는 결제 방법도 나름 일관성 있는 선택이다.

며칠 후 얼떨결에 제출하고 온 수표는 수업이 확정된 후 결제될 줄 알았지만 그다음 주에 바로 통장에서 빠져나갔다. 4월 첫 주로 예정되었으나 수강인원이 적어 확실치 않다는 수업에 대해서는 별다른 소식이 없었다. 결제된 수표가 신경 쓰이기 시작할 무렵, 발레리에게서 메일이 왔다.

함께 받는 이들의 이름과 메일 주소가 모두 공개된 단체 메일이었는데(아, 나의 개인정보여!) 혹시 주중에도 수강할 수 있는지 여부를 답장으로 확인해 달라는 내용이었다. 발레리에게만 보내면 될 내용을 전체 답장하기로 회신하며 질문까지 하는 사람들과 이에 대한 발레리의 회신으로, 하루에도 몇 번씩 새 메일 도착 알림이 울려 댔다. 내가 원하는 정보인, 수업이 언제 시작된다는 소식은 3월이 끝나 가는데도 오지 않았다. 마침내 3월 마지막 주, 발레리로부터 토요일 초보반 개설이 확정됐다는 메일을 받았다. 그러나 마지막에 이런 문장이 붙어 있었다.

"첫 수업이 4월 첫 토요일일지 둘째 주 토요일일지는 조만간 다시 연락을 드릴 예정입니다."

4월 첫째 주 목요일이 됐을 때, 나는 참지 못하고 허용된 전화 시간 따위 확인할 여유도 없이 무작정 어학원에 전화를 걸었다. "이번 주 토요일에 수업하나요?" 발레리의 대답에 억울함이 묻어났다. "원장님이 아직 결정을 못 하고 있어서요." 원장이 직접 수업을 하는 것도 아닌데 도대체 왜 결정을 못 하는지 궁금했지만 메일로 곧 알려 줄 테니 기다려 보라는 말에 마냥 기다리는 수밖에 없었다.

몇십 통의 메일이 실타래처럼 얽힌 후, 드디어 첫 수업이 잡힌 4월 둘째 주 토요일 아침이었다. 일찌감치 일어나 머리를 감고 막 집을 나서려는데 메일 알림이 울렸다. [위급 상황]이라는 제목이었다. 위급하게 열어 본 메일에는 수업을 맡은 이레네 선생님이 아침에 갑자기 너무 아파서 수업을 할 수 있을지 모르겠으니 잠시 대기하라고 돼 있었다. 때는 8시 45분. 수업은 10시에 시작될 예정이었다. 신었던 신발을 벗고 들어와 거실 의자에 앉았다. 다시 메일이 왔다. 이레네 선생님이 도저히 수업을 못 할 상황이라 대체할 교사가 있는지 알아보고 있으니 대기하란다. 메일을 받은 다른 학생들은 다들 어디에서 대기하고 있을까, 길거리에서 메일을 받았다면 어떤 기분일까. 9시가 넘어서 또 메일이 왔다. 대체할 교사가 없어서 이번 주 수업은 취소됐고, 첫 수업은 다음 주에 시작이라고. 순간 한 주의 피곤이 온몸으로 흘러내렸다. 아침부터 머리는 왜 감은 것인가, 누구와 약속이라도 잡아야 하나, 고민하고 있는데 발레리로부터 또 메일이 도착했다. 9시 45분까지 오면 교재를 살 수 있으니, 올 사람은 메일을 보내라는 내용이었다. 교재를 사기 위해 거기까지 갈 마음은 전혀 없었고 메일이라면 지긋지긋했다.

한참이 지났을 때 전화가 왔다. 또 발레리였다.

"교재 사러 올 건지 물어보려고 전화했어요."

"저는 오늘은 못 갈 것 같고요, 수업 전에 사야 한다면, 월요일에……. 아, 몇 시가 좋을까요?"

발레리가 말을 끊었다.

"그 일정은 메일로 보내 주세요."

그리고 이렇게 덧붙였다.

"교재 구입은 수표로만 할 수 있는 거 아시죠?"

왕초보반의 열등생

오늘의 이탈리아어

uno
숫자 1, 하나

20대 중반으로 보이는 선생님은 본인의 이름을 '이레네'라
고 하며 칠판에 'Irene'라고 썼다. 프랑스 여배우 이렌 자콥
Irène Jacob이 떠올랐는데, 그러고 보니 영화 〈세 가지 색: 레
드〉 시절의 이렌 자콥과 좀 닮은 것도 같았다. 나는 오래전
몽마르트르의 이탈리아 식당에서 이렌 자콥의 옆 테이블에
앉아 식사한 적이 있다. 먹는 내내 아는 척을 할까 말까 고민
하다가 나가는 길에 용기 내어 말을 걸었다. 대학원 논문을
쓰면서 당신이 나온 영화를 수없이 봤다고 이야기했더니
그녀가 악수를 청하며 키에슬로프스키 감독에 대한 추억
을 조금 나누어 주었다. 나는 첫눈에 이렌 자콥을 닮은 이레

네 선생님이 마음에 들었고, 왕초보반의 우등생이 되고 싶었다. 그 바람이 이루어지지 않을 것임을 깨닫는 데는 그로부터 몇 초도 걸리지 않았지만.

수업이 시작되자마자 나는 거의 패닉상태가 됐다. 왕초보반이면 주로 프랑스어로 진행되겠지, 짐작하고 마음 편히 왔는데 이레네 선생님이 프랑스어를 전혀 하지 않았다. 수업은 이탈리아어로만 진행됐다. 온 신경을 집중했으나 "본조르노" 말고는 뭐라고 하는 건지 단 몇 마디도 이해할 수 없었다. 갑자기 반 사람들이 노트에 뭔가를 쓰거나 종이를 찢기에 옆자리를 봤다. 60대로 보이는 아저씨가 느릿느릿 종이에 'Jean-François'라고 쓰고 있었다. 나도 얼른 종이를 찢어 'Misung'이라고 쓰고 다른 사람들처럼 종이의 반을 접어 책상 앞에 놓았다.

눈치로 따라가는 데에는 한계가 있었다. 선생님의 어떤 말에 사람들이 하나둘씩 고개를 숙이고 노트에 또 무언가를 적기 시작했다. 아무리 두리번거려도 무엇을 적는지까지는 알 수 없었다. 선생님 설명을 이해하지 못했다고 말하고 싶었지만, 그 말 또한 이탈리아어로 해야 한다는 생각에 머릿속이 까매졌다. 그야말로 들리지도 않고 말도 못 하는 상황이었다. 이 수업은 계속 이렇게 진행될 것인가? 이 반은 내게 너무 어려운 반이 아닌가? 독학하고 다음 학기에 다시 와야 하는 건 아닐까? 여러 생각들이 머릿속을 휘젓고 있을 때, 옆자리의 장프랑수아가 손을 들었다. 선생님이 그 앞의 이름표를 힐끗 보고 "장프랑수아?" 했다. 그가 당당히 프랑스어로 말했다.

"다시 한번 말씀해 주시겠어요?"

나는 그 틈을 놓치지 않고, 여기 도움이 필요한 사람이 한 명 더 있다고 SOS를 외치듯 손을 번쩍 들며 프랑스어로 "저도 이해 못 했어요"라고 말했다. 이레네 선생님은 더듬더듬한 프랑스어로 "알고 있는 이탈리아어 단어를 종이에 다 써 보세요" 했다. 아, 안도의 한숨이 절로 나왔다. 다행히 선생님은 비록 초급 수준이었으나 프랑스어를 할 줄 알았고, 무엇보다 나만큼은 아니더라도 수업을 따라가지 못하는 사람이 있었으니까. 적어도 이 세 시간은 버틸 수 있겠구나 싶었다.

종이에 pasta를 쓰고 나니 pizza가 생각났지만, 차마 그럴 수는 없었다. 조금 더 수준 있는 단어가 없을까 고민하며 한참을 보냈다. 이탈리아를 그렇게 다녔는데 생각나는 이탈리아어가 이렇게 없다니! 이레네 선생님은 한 명씩 돌아가면서 종이에 쓴 단어 하나씩을 말하게 했는데, chiesa(성당), dimenticare(잊어버리다), scarpa(신발), dopo(나중에), indirizzo(주소), macchina(자동차), fiore(꽃)와 같은 당시의 수준으로 단번에 알아듣기 어려운 단어들이 잔뜩 나왔다. 그 사이사이 내 순서가 올 때면, 나는 기어들어 가는 목소리로 파스타, 젤라토, 프로슈토, 밤비노 같은 단어들을 말하고 고개를 숙였다. 아, 나는 왜 이 모양인가. 피자를 말하기 전에 순서가 끝난 걸 다행으로 여겨야 할까.

우리 반 수강생은 총 여덟 명이었다. 나이로 보자면 30대에서 60대로 보이는 성인들이었고, 정도의 차이는 있으나 대부분 초보를 벗어나지 않는 A1반 수준이긴 했다. 그런데도 그들에게는 나와 하늘과 땅 차이로 다른 점이 있었다. 선생님이 이탈리아어로 하는 설명을 모두 알아듣는다는 것이었다.

프랑스어와 이탈리아어는 서로 많이 닮아서 비슷한 단어 몇 개로도 의미를 대강 유추할 수 있다. 그렇게 이탈리아에 갈 때마다 거리에서, 식당에서 아는 단어들이 자주 들리길래, 이탈리아어를 쉽게 배울 수 있을 줄 알았다. 엄청난 착각이었다. 이탈리아어의 세계는 그리 호락호락하지 않았다. 정확하게 설명을 이해하고 지시에 따라야 하는 상황에서 단어 몇 개를 아는 건 큰 의미가 없었다.

이런 나와 달리, 같은 왕초보라도 라틴어권(보다 정확히는 로망어군에 속하는 스페인어, 프랑스어, 포르투갈어, 이탈리아어, 루마니아어) 유럽인들은 서로의 언어를 직관적으로 이해하는 듯 보였다. 문법과 단어를 정확히 몰라도 맥락만으로 쉽게 알아듣는 것 같았는데, 그 때문에 나는 내 프랑스어의 한계를 깨닫게 됐다. 아무리 프랑스어가 체화됐다 해도, 모국어가 프랑스어인 사람들 정도는 아니라는 것을. 특히 듣기 능력에서 현저한 차이를 느꼈는데, 선생님의 설명을 그 리듬대로 따라가면서 이해하기가 너무 벅찼다. 한국어를 잘하는 프랑스인이 한국인보다 제주도 방언을 못 알아듣는 것과 비슷하다고 할 수 있을까.

아, 지겨울 만큼 익숙한 이 열등생의 기분. 내가 이해한 게 맞는지 미심쩍고, 나만 못 쫓아가는 건지 불안하고, 혹시 나 때문에 진도가 늦어지는 건 아닌지 눈치 보는 열등생. 아무리 노력해도 언어 표현에서는 프랑스인 학생들을 넘어설 수 없으니 앞서는 건 꿈도 꾸지 못하고 그저 뒤처지지 않기 위해 노력하던, 학생 시절로 되돌아간 기분이었다.

그래도 그날 나는 자리 선정에 있어 굉장히 운이 좋았다고 할 수 있다. 내 옆자리에 앉은 장프랑수아 아저씨가 그 반에서 나와 쌍벽을 이루는 열등생이었기 때문이다. 이를테면 알파벳 발음법을 배울 때였다. 아, 비, 치, 디, 에, 에페, 지, 악카, 이, 엘레, 엠메, 엔네, 오, 피, 쿠, 에레, 에세, 티, 우, 부, 제타까지의 이탈리아어 21개 알파벳 발음을 다 배우고서, 선생님은 한 명을 지목해 그 사람부터 왼쪽으로 돌아가며 하나씩 말해 보게 했다. 내가 "아(A)" 하면 왼쪽의 장프랑수 아가 "비(B)" 하면서 한 명씩 돌아가다가 틀리거나 막히는 사람이 있으면, 그 옆 사람이 다시 "아"부터 시작하는 방식 이었다. 이토록 뒤처지는 내게도 이탈리아어 알파벳은 영 어나 프랑스어 알파벳과 크게 다르지 않아 어렵지 않았는 데, 장프랑수아는 C에 해당하는 "치"를 잊어서 다시 A부터 돌아가도록 했고, M에 해당하는 "엠메"를 잊어 또 한 번 A 부터 돌아가도록 했다. 그렇게 몇 번을 그에게 막혀서 알파 벳 외우기에만 오랜 시간이 소요됐다.

숫자에서도 마찬가지였다. 같은 날 1부터 20까지의 숫 자를 배웠는데, 다 배운 후 선생님은 칠판에 쓴 글씨를 모두 지우고 책을 덮게 한 다음 "우노(1)"부터 "벤티(20)"까지 차 례로 외우게 했다. 나는 물론 스무 개의 숫자를 바로 외우지 못했고 순서가 올 때마다 초긴장이었다. 하지만 다행히 오 른쪽으로 방향이 돌아간 덕분에 그의 오른쪽에 앉은 나는 자주 "우노"로 시작할 수 있었고, 그러다 보니 어느새 긴장감이 사라져 숫자들을 다 외우게 됐다.

　장프랑수아에게는 미안하지만, 그가 어려운 순간마다 질문을 던져 설명을 다시 듣게 해 주고 수업 진도를 늦춰 주어서 그 학기 내내 덜 괴롭고 또 덜 외로웠다. 나보다도 이해가 늦는 그가 있어 때로는 수업 시간에 여유를 누리기까지 했다. 그 학기 내내 장프랑수아는 내게 깊은 인상을 남겼다. 비단 그가 내 프랑스 유학 생활 역사에서 처음 보는, 나보다 선생님 말을 못 알아듣는 학생이었기 때문은 아니다. 장프랑수아는 수업의 난이도가 올라갈수록 더욱 수업을 자주 정체시키면서도 한 번도 주눅 들거나 다른 학생들에게 미안해하지 않았다. 그는 책상 위에 캐러멜을 수북이 쌓아 두고 비닐을 까 입에 넣으면서 늘 여유롭게 손을 들고 당당히 말했다. "스쿠지, 논 오 카피토(Scusi, Non ho capito 미안합니다만, 이해 못 했어요)"라고. 돌아가면서 연습문제의 답을 이야기해야 할 때도 그는 열 번 중 아홉 번은 문제 자체를 잘못 이해해 엉뚱한 말을 하거나 틀린 답을 말했지만, 다른 사람들처럼 민망해하거나 얼굴을 붉히는 일이 없었다. 엄청나게 새로운 사실을 알게 됐다는 듯 언제나 "오!" 하며 진지한 표정으로 고개를 끄덕였다. 그럴 때면 생각했다. 나 같으면 자존심이 상해서 예습을 했을 텐데, 어떻게 아무렇지도 않지? 설마 저 사람도 속으로는 짜증 나겠지?

네 번째 수업 무렵 쉬는 시간이었다. 한 시간 반의 수업이 끝난 후 주어지는 15분 쉬는 시간 동안 자리에 그대로 앉아 전 수업에서 놓쳤던 단어들을 정리하면서 보냈는데, 그날은 창밖 날씨가 좋아서 잠시 밖으로 나가 보았다. 봄날 아침의 공기가 좋았다. 강의실 건물 건너편 노천카페에서 주말 아침의 여유를 즐기는 사람들을 부러운 마음으로 보다가, 그 가운데 앉아 있는 장프랑수아를 발견했다. 그가 사람들 사이에 앉아 에스프레소 한 잔을 앞에 놓고 하늘을 향해 눈을 감고 햇살을 맞고 있었다. 그의 얼굴에 근심이 하나도 없었다. 나는 잠시 넋을 놓고 그를 바라보았다. 그래, 우리는 이탈리아어를 배우고 있는 거지. 내가 이탈리아어를 배우려 했던 이유는, 저 햇살 아래의 여유를 찾고 싶은 마음 같은 거였는데.

이탈리아어를 공부하는 내내 자주 그 장면을 떠올렸다. 아니, 이탈리아어를 공부하지 않는 순간에도 하루에도 몇 번씩 나도 모르게 한숨이 나올 때마다 그 장면을 떠올렸다. 그리고 생각했다. 나는 무엇 때문에 전전긍긍하는가. 봄날의 아침 햇살 아래에서는 하나도 중요하지 않을 일들인데.

세 시간의 첫 수업은 무사히 끝났다. 고작 한 번의 수업이 끝났는데, 그다음 2주간은 부활절 방학이라고 했다. 4월의 햇살을 맞으며 집으로 돌아가 두 시간을 내리 잤다. 몇 년 만의 낮잠이었다.

소노 스크리트리체!

바로 직전 수업에서 알파벳을 뗐는데, 2주 후 두 번째 수업에서 벌써 서로의 직업을 묻고 대답하는 단계가 됐다. 첫 수업에서 '만나서 반가워, 나는 곽미성이라고 해'를 배웠으니, '너는 무슨 일을 하니?'를 배울 차례라고 하면 논리적인 순서지만, 이탈리아어 문법의 세계는 그리 호락호락하지 않으니 문제다. 상대에게 "무슨 일을 합니까?"라고 묻는다는 것은 fare(하다)의 동사변형, 즉 나/너/그, 그녀/우리/너희들/그들이라는 주어에 따라 여섯 가지의 동사변형(faccio, fai, fa, facciamo, fate, fanno)을 다 이해하고 숙지해야 한다는 뜻이다. 영어로는 do와 does가 동사변형의 다지만, 이탈리아어 동사는 여섯 가지로 변화하는 것이다. 또한 내가 이탈리아어로 "나는 판매원이야"라고 대답한다면, 판매원이라는 단어의 남성형[commesso], 여성형[commessa]을 알고 있다는 뜻이다. 그러니 이번 수업은 동사변형과 명사의 성수 일치를 배우는 시간이다.

사실 프랑스어도 주어에 따라 동사가 변하고 명사도 남성형, 여성형으로 나뉘므로, 프랑스어를 아는 사람들에게는 그리 충격적인 소식이 아니다. 그래서인지 이레네 선생님은 문법 설명을 단 몇 마디로 끝내고 바로 연습문제로 넘어갔고, 같은 반의 프랑스 사람들은 마치 바이크 타던 사람이 자전거 타듯이 자연스럽게 따라갔다. 나도 바이크를 탈줄은 아니까 자전거도 어찌어찌 타기는 했다. 다만 자전거의 속도를 조절해야 하거나 핸들을 꺾으며 페달을 밟아야할 때 매번 어려움을 겪었다. 예를 들어 예문에서 '나는 건축가입니다(Sono architetto)'가 아닌, '나의 직업은 건축가입니다(Il mio lavoro è architetto)'라는 문장이 나왔을 때, 나는 속으로 '직업이라는 명사가 남성형이라서 미오(mio)라고 했나 보군. 프랑스어 남성 소유격인 몽(mon)이랑 비슷하네. 그런데 앞에 Il은 왜 붙은 걸까? 정관사가 늘 붙어야 하나? 프랑스어는 이렇지 않은데?' 하며 고민하는 시간이 필요했다. 함께 수업을 듣는 프랑스인들에게는 전혀 문제가 되지 않는 것들이므로, 나는 혼자 깨우쳐야 할 것들이 너무 많았다.

그리고 올 것이 왔다. 이레네 선생님이 나를 지목해 물었다. 내게는 너무나 어려운 질문 "미성, 당신은 무슨 일을 합니까?"라고. 모르는 프랑스 사람들이 내게 무슨 일을 하냐고 물으면, 그게 서류 작성에 필요한 형식적인 질문임을 알아도 나는 기어코 "어…… 그게…… 저는 직장 다니는데요, 보고서 쓰는 일을 해요……" 하고 더듬거리며 듣는 사람의 미간이 찌푸려지는 것을 꼭 보고야 만다. 가끔은 거기에 "그리고 책도 쓰고요" 같은 말을 덧붙이면 상대방은 "그래서 직업이?" 하며 재차 질문한다.

한국에서라면 이 질문에 아주 간단히 대답할 수 있다. "회사원이에요. 작가로 불리기도 하고요"라고. 프랑스에서는 무슨 일 하냐는 질문에 회사원이라고 대답하는 사람을 본 일이 없어 우선 거기부터 막힌다. 프랑스 사람들은 IT업계라든지, 금융업계라든지, 요식업계라든지 산업군을 말하거나 교사, 의사, 비서, 마케터 같은 딱 떨어지는 직업을 이야기한다. 내가 이 질문을 불편해하는 근본적인 이유는 무엇보다 나 자신조차 나의 직업적 아이덴티티를 정리하지 못했기 때문인지 모르겠다. 어릴 때는 어디서든 "〇〇 공부하는 학생입니다" 하면 간단히 넘어갔을 일인데, 나이를 먹고 삶이 복잡해지면서 이렇게 간단한 질문도 쉽지 않다.

상념들이 한꺼번에 스치는 동안, 내게로 시선이 모였다. 이레네 선생님이 천천히 다시 물었다. "미성, 당신은 무슨 일을 하나요?" 나는 갑자기 '내가 진짜 뭘 하는지가 중요한 게 아니지, 이 기회에 부캐를 만들어 볼까' 싶어졌고, 선생님 뒤 칠판에 쓰인 직업들을 재빨리 훑어보았다. direttore(사장), dentista(치과의사), ministro(장관) 같은, 내가 봐도 나와 하나도 닮지 않은 직업들만 보였다. 그러다 칠판 아래쪽에 작가를 지칭하는 scrittore(스크리토레)가 보였다. 저거다 싶어 "소노 스크리토레(Sono scrittore)"라고 하자, 이레네 선생님이 눈을 찡끗하며 "스크리트리체!"라고 외쳤다. 이어서 작가가 여성일 때, 이탈리아어로 "scrittrice"라 부른다고 설명해 주었다. 모두의 눈빛에 살짝 놀라움이 스쳤지만 마음이 편안해졌다. 내 자리를 찾은 기분이었다. 이왕 이렇게 된 거, 주말에는 작가로 살아 보면 어떤가.

우리 반 사람들의 '정체'도 하나둘씩 드러났다. 우리 중 가장 그럴싸하게 이탈리아어를 발음하는 빈센조는(그의 프랑스어 이름은 뱅상인데 스스로 빈센조라고 소개했고, 토요일인데도 포켓에 손수건까지 꽂은 정장을 차려입고 오길래 혹시 마피아인가 했으나) 불문학 강사라고 했다. 이레네 선생님은 그때부터 사람들에게 두 개의 질문을 더 하기 시작했는데, 이탈리아어를 배우는 이유와 구사하는 언어의 종류였다. 빈센조는 호기심에 이탈리아어를 배운다고 했다. 할 줄 아는 언어가 프랑스어, 영어, 스페인어, 라틴어, 그리스어라고 했는데, 깜짝 놀란 사람은 나뿐인 것 같았다.

그 옆에 앉은, 나와 이레네 선생님을 제외한 유일한 여성인 안느는 빈센조와 비슷한 30대 중반 정도로 보였다. 이벤트를 조직하는 일을 한다고 했다. 빈센조와 더불어 우리 왕초보반의 우등생에 속하는 안느 역시 이탈리아어는 그냥 취미로 배운다고 했다. 할 줄 아는 언어는 프랑스어, 영어, 스페인어, 라틴어라고 했다. 이곳은 언어 천재들의 모임인가. 역시 놀란 사람은 나뿐인 것 같았다.

빈센조, 안느와 함께 우등생 그룹 중 한 명이자 가장 젊어 보이는 폴은 명품 구두 브랜드에서 엔지니어로 일한다고 했다. 구두가 대부분 이탈리아에서 만들어지기 때문에 업무상 이탈리아어를 쓸 일이 많고 밀라노에 출장을 자주 간다고 했다. 할 줄 아는 언어로 프랑스어, 영어, 아랍어, 스페인어까지 말하더니 뜸을 들이며 몇 초 고민하고는 다행히 그게 다라고 했다. 나는 사람들이 어떤 언어를 한다고 할 때 그 기준이 무엇일까 궁금해지기 시작했다.

중년 남성 그룹 3인방 중 하나면서 프랑스 배우 장 르노와 닮은 장은, 금융계에서 일한다고 했다. 은퇴가 얼마 남지 않았는데, 은퇴 후 이탈리아에 가서 살기 위해 언어를 배우고 있다고 했다. 나도 모르게 "오호!" 탄성이 나왔다. 퇴직 후 시칠리아의 바닷가, 토스카나의 포도밭을 산책하는 삶이라니. 그는 할아버지가 피에몬테 지방에 사는 이탈리아인으로, 이탈리아 문화에 애정이 많다고 했다. 그리고 프랑스어, 영어, 스페인어를 한다고 했다.

요리스는 알제리 출신으로 건축가라고 했다. 그는 건설 현장에 이탈리아인들이 많아 업무상의 필요로 이탈리아어를 배우고 있었다. 프랑스어, 스페인어, 아랍어를 한다고 했다. 스페인어를 못 하는 사람은 이 반에서 나뿐인 것 같았다.

마지막, 장프랑수아는 캐러멜을 까먹으며 자신에게는 두 개의 직업이 있다고 당당히 프랑스어로 말했다. 두 직업 중 하나는 교사고, 하나는 스크리토레, 즉 작가였다. 헉 이 반에서 제일 못 따라가는 두 사람이 모두 작가라니. 복잡한 마음이 됐다가, 저 사람은 스스로를 당당하게 작가라고 말하는구나, 하는 데 생각이 미쳤다(물론 그는 나만 모르는 유명 작가였을 수도 있다). 장프랑수아는 이런 내 마음과는 상관없이 라틴 문화가 좋아서 이탈리아어를 배우고 있다고 말을 이었다. 그리고 프랑스어와 스페인어, 라틴어를 조금 할 줄 안다고 했다.

이레네 선생님은 잊지 않고 내게도 질문했다. "미성, 당신은 어떤 언어를 말합니까?" 나는 "파를로 코레아노 프란체제 잉글레제(Parlo Coreano, Francese, Inglese 한국어, 프랑스어, 영어를 말해요)"까지 말하고 내가 할 줄 아는 언어가 혹시 또 있던가 간절하게 기억을 더듬어 보다가, 기어들어 가는 프랑스어로 말했다. "이게 다예요(C'est tout)." 사람들이 한바탕 웃었다. 이레네 선생님이 "여기서 아무도 못 하는 한국어를 하잖아요, 괜찮아요"라며 위로의 말을 건넸다. 내가 우리 반 사람들보다 이탈리아어 배우기에 느릴 수밖에 없는 이유를 이제 알 것 같았다. 그들이 공통적으로 안다는 라틴어는 이탈리아어의 근원이 되는 언어고, 스페인어는 가끔 자신들도 헷갈린다고 할 만큼 이탈리아어와 아주 유사한 언어라니까, 그들에게 이탈리아어는 그야말로 제주도 방언 같은 게 아닐까.

괜찮다. 스무 살 이후 나는 늘 그런 사람이었으니까. 수업을 들어도 남들보다 늦게 이해하고, 책을 읽어도 남들보다 오래 걸리는. 가장 부지런히 다리를 움직이지만 가장 늦게 도착하는 이방인으로 20년을 살았으니까. 익숙한 일이다.

선생님은 잊지 않고 또 물었다. "미성, 이탈리아어는 왜 배웁니까?" 이 질문이 나올 줄 알았으면서 나는 또 당황했다. "어…… 어……." 답이 늦어지니 사람들의 눈이 반짝였다. 유럽인들은 가볍게 배울 수 있는 서로의 언어지만, 저 멀리에서 온 아시아 사람은 왜 저렇게 낑낑대면서 이탈리아어를 배우는 걸까, 궁금했을 것이다. 무슨 이야기를 해야 하나. 20년 전 이탈리아 기차에 무임승차했을 때 이야기부터 시작할 수는 없는데. 이탈리아 음식을 좋아해서 배운다는 것도 설득력이 없을 것 같고.

나는 이탈리아를 좋아해서 그렇다는 의미로 "페르 아모레(Per amore 사랑 때문에)"라고 말해 버렸다. 내 말이 끝나자마자 이레네 선생님이 활짝 웃었다. "오! 이탈리아 남자를 사랑하는구나!"

내가 당황해서 크게 손사래 치며 할 말을 찾는 동안, 사람들의 시선이 내 손가락 위의 반지에 꽂혔다. 사람들의 상상은 벌써 저 멀리 나아가고 있는 듯했고, 어찌해 볼 이탈리아어 실력이 내게는 없었다. 늘 그렇듯 나는 금방 체념하며, 이탈리아 남자와 결혼한 전업 작가도 나쁘지 않네, 하고 마음을 고쳐먹었다. 언젠간 모든 걸 해명할 수 있을 거야. 이탈리아어를 잘하게 되면.

도망가자, 새로운 세계로

이탈리아 문화원에 가면 "운 카페 페르 파보레(Un cafe per favore 커피 주세요)!" 하며 커피를 주문하는 사람들이 있고, 에스프레소 기계가 시끄럽게 돌아가는 소리와 함께 "프레고(Prego 여기요)!" 하며 커피를 내주는 카페테리아가 있으리라. 이탈리아 문학과 영화, 정치에 대한 열정적인 대화가 사방에서 들려오고, 최근 프랑스에서 개봉한 이탈리아 영화의 '감독과의 대화' 같은 이벤트가 열리겠지. 나는 그곳에서 이탈리아를 잘 아는 사람들과 어울리며 정보를 나누고, 점점 더 많은 것을 알게 되리라. 매주 토요일 수업은 척박한 일상에서 오아시스를 만난 듯 즐거우리라…….

이런 상상을 했었다. 이탈리아어도 결국 외국어임을 잊고 있던 것이다. 왜 이탈리아어는 다를 거라고 기대했었을까. 이탈리아 사람들이 재미있는 제스처와 함께 흥겹게 대화하니, 배우는 과정도 단순하고 흥겨울 거라 생각했을까? 내 반평생 직접 경험한 진리, 고통과 인고의 시간 없이 다른 나라의 언어를 내 것으로 만들 수 없다는 사실을 어떻게 까맣게 망각하고 있었을까.

두 번째 수업을 마치자 안일한 자세로 설렁설렁 해서는 더 이상 수업을 따라갈 수 없겠다는 생각이 들었다. 이레네 선생님은 문법 설명을 길게 하지 않았고, 동사변형 또한 각자가 찾아서 외워야 했다. 준비 없이 수업에 들어갔다간 매번 나와 장프랑수아에게 막혀서 우리 반은 한 학기가 지나도록 정해진 진도를 다 뺄 수 없을지도 몰랐다.

두 번째 수업의 이틀 후 월요일 점심시간, 점심도 건너뛰고 회사 근처 큰 서점에 이탈리아어 교재를 보러 갔다. 파리 시내에 외국어 학원이 너무 없어서 다들 책으로 배우는 줄 알았더니, 그것도 아닌 모양이었다. 외국어 교재 코너는 서점의 가장 구석에, 문학 코너의 10분의 1이 될까 말까 한 규모로 마련되어 있었고, 그중에서 절반 이상은 영어 교재였다. 영어 교재 옆으로 '기타 등등'에 속하는 스페인어, 독일어, 이탈리아어, 그리스어, 라틴어, 아랍어, 중국어, 일본어 교재가 없는 자리를 나누어 배치되어 있었는데, 케이팝의 인기로 전면에 나와 있는 한국어 교재도 보였다. 최소한 이레네 선생님보다는 자세하게 문법을 설명해 줄, 보다 꼼꼼하고 친절한 독학 교재를 사고 싶었으나, 그런 것은 존재하지 않았다. 우선 이탈리아어 교재의 종류가 얼마 되지 않았고, 대부분은 사전과 단어집이었으며, 그나마 몇 권 나와 있는 문법 교재들은 MP3도 아닌 CD와 함께 동봉되어 있었다. 21세기에 이런 교재로 공부할 수는 없었다. '프랑스 사람들은 도대체 어떻게 외국어를 공부할까' 다시 한번 궁금해졌다가, '아, 이들에게 이탈리아어는 제주도 방언 같은 거였지' 상기하며 포켓형 동사변형 사전과 제대로 된 프랑스어-이탈리아어 사전만 구매해 나왔다.

프랑스어와 달리, 이탈리아어에서는 주어를 대부분 생략한다. 예를 들어 '나는 저녁을 먹는다'는 그냥 "Ceno" 한마디면 된다. '저녁을 먹다'라는 의미의 동사 cenare의 1인칭 동사변형이다. "너는 저녁을 먹니?"는 "Ceni?"라고 하면 된다. 공부를 하면 할수록 이탈리아어가 반복을 매우 꺼리고, 압

축적으로 줄이는 방식을 좋아하는 언어임을 알 수 있는데, 그래서 자연스럽게 대명사와 동사변형이 중요해지고, 동사는 시제와 인칭에 따라 매우 섬세하게 달라진다. 대명사도 직접, 간접 그리고 축약법이 어찌나 세밀하게 짜여 있는지 알면 알수록 울고 싶은 심정이 된다. 이것이 이탈리아어의 가장 어려운 점이었다(그런 맥락에서 보면 이탈리아 사람들의 수다스러움이 놀랍다. 말을 그렇게 줄여서 하는데도 그렇게 많이, 오래 말할 수 있다니! '저녁을 먹는다'는 말 같은 경우에도 한국어 문장이 훨씬 긴데, 평균적인 대화 시간은 한국인이 훨씬 짧을 것이다).

주어 생략이 많다는 건 이탈리아 사람들이 동사로 주어를 유추한다는 의미고, 그러므로 동사를 정확하게 변형하지 않으면, 주어가 나도 모르게 바뀐다는 뜻도 된다. 프랑스어에서는 설사 동사변형이 틀리더라도 주어를 확실히 함에 따라 대강 지나갈 수 있는데(상대의 표정 변화는 있겠지만), 이탈리아어에서는 그게 안 되는 것이다.

반말과 존댓말도 그렇다. 이탈리아어에서 '그녀'라는 의미의 3인칭 대명사 lei를 대문자로 Lei라고 표기하면 2인칭 존칭으로 우리말에서의 '당신' 정도의 의미가 되는데, 대화 속에서 반말과 존댓말은 그저 동사변형으로만 구분된다.

프랑스어에서는 2인칭 복수 대명사 vous가 '너희들'도 되고 '당신'도 된다. 내게는 모두 외국어인 두 언어의 차이를 그때그때 구분하기가 쉽지 않았다. 게다가 이탈리아어 동사변형은 다양한 예외들을 가지고 있다. 나는 이 부분에서 진심으로 절망했다. "동사변형을 정확히 외우지 못하면 존댓말을 할 상황에 반말을 할 수도 있는 거잖아!" 하는 나의 절규에, 남편은 별 시답잖은 고민을 한다는 듯 대꾸했다. "어차피 이탈리아에서는 거의 반말만 쓰니까 괜찮아." 물론 그럴 리는 없다. 다만 어디서든 솟아날 구멍은 있다고, 이탈리아어를 더 이해하게 되면서 동사변형이 아무리 불규칙해 보여도 마지막 모음에 나름의 규칙이 있어 주어를 혼동시킬 수는 없음을 알게 됐다. 잘 들여다보면 나름의 논리가 있는 로마의 도로처럼.

나는 프랑스어 어학연수 시절을 상기하며 동사변형 수첩을 만들어 하루에도 몇 번씩 수시로 꺼내 동사들을 외웠다. 화장실에서도, 샤워하다가도 종종 눈을 감고 중얼거리며 확인했고, 동시에 문법을 예습했다. 문법을 가볍게 넘어가는 이레네 선생님과 달리, 나는 기본적으로 문법을 먼저 훑어야 마음이 편한 사람이다. 모르는 도시를 여행할 때 우선 도시 전체 지도를 보고 내가 위치한 곳과 도시의 구조를 파악해야 안심되는 것과 비슷하다. 그것은 어쩌면 한국인 특유의 전투적인 외국어 학습법일 수 있다고 생각하면서, 유튜브에 한글로 '이탈리아어 문법'을 검색해 보았다. 예상했던 대로 한국인 이탈리아어 선생님들이 있었다. 다음 시간에 배울 내용인 동사 piacere의 문법 설명을 찾았는데, 전문 강사의 족집게 강의가 귀에 쏙쏙 들어왔다. 이탈리아어 공인어학시험 준비를 위한 수업이다 보니, 놀라울 정도로 요점이 잘 정리됐다.

그 밖에도 이탈리아어를 배우는 사람들을 위한 영상 콘텐츠가 넘쳐났다. 외국인을 위한 이탈리아인들의 강의도 많았고, 영미권 강사들도 많았다. 영어를 중심으로 이탈리아어의 특성과 다른 점을 듣는 것 또한 흥미로웠다. 한국어로 배우는 이탈리아어와, 프랑스어나 영어로 배우는 이탈리아어의 설명이 각각 달랐다. 프랑스어와의 차이점, 영어와의 차이점을 중심으로 설명을 들으니 이탈리아어를 다각도로 바라보며 이해할 수 있었고, 동시에 프랑스어와 영어의 언어적 특징에 대해서도 다시 한번 생각할 수 있었다.

그러고 나자 내가 가장 못하는 듣기가 남았다. 평소에 이탈리아어를 계속 들을 일을 만들어야 했다. 무작정 TV 채널을 돌리다 보니 621번에 이탈리아 공영방송인 Rai가 있었다. 이탈리아 정치사회 동향도 알 수 있고, 이탈리아 풍경에 사람들 말하는 것도 볼 수 있으니 그냥 틀어만 놓아도 재미있었다. 팟캐스트의 세계에도 이탈리아어 콘텐츠가 풍성했다. 매일 이탈리아어로 5분씩 짤막하게 그날의 뉴스를 정리해 주는 콘텐츠부터 이탈리아어 수업 자료까지. 대부분 영미권 콘텐츠였는데, 영어를 잘하는 이탈리아인 선생님과 학생 역할의 영어권 사회자가 진행했고, 내용도 체계적이었다. 21세기의 사람들은 이렇게 언어를 배우는구나 싶었다. 대형서점에서 먼지를 뒤집어쓰고 있는 20세기 교재들은 배워야 할 것이 있으면 서점에 가서 책부터 찾는, 지구상에 소수로 남아 있는 나 같은 이들을 위한 마지막 배려인지도 모르겠다.

이탈리아어 초보반에서 보낸 세 달 동안 내 일상의 틈새들은 온통 이탈리아어로 채워졌다. 아침 지하철 출근길과 점심시간, 그리고 한 시간쯤 걷는 저녁 퇴근길에 동사변형을 외우고, 유튜브 수업을 듣고, 이탈리아 뉴스를 보고, 팟캐스트를 들었다. 금요일 저녁에는 걷지 않고 지하철로 일찍 퇴근했다. 컨디션을 조절해 두지 않으면 수업을 마친 토요일 오후가 한 주의 피곤에 휩쓸려 그냥 지나가 버렸기 때문이다. 한번 지나간 주말은 다시 오지 않고, 그 시간에 읽고 싶었던 책과 써야 하는 글들은 다음 주 주말로 넘어가게 된다.

이탈리아어를 배우기 전 이미 가득 차 있다고 생각했던 나의 하루에 사실 빈틈이 아주 많음을 알게 된 것도 하나의 수확이었다. 그 틈을 쪼개면 쪼갤수록, 시간은 계속 만들어졌다. 틈새 시간을 더욱 의미 있게 내 것으로 만들 수 있다는 사실에서 자유로움도 느꼈다. 나는 공간의 소유보다 시간의 소유에서 만족을 느끼는 사람이었다.

인생의 절반을 외국에서 보낸 나는 외국어 실력에 따라 삶의 많은 것이 결정되는 과정을 지나왔다. 모국어가 아닌 언어를 내 삶의 가장 중요한 도구로 삼는 과정은 간단하지 않았고, 나의 20대는 그 고통에 지배당했다가 내가 그 고통을 지배하기도 하는 상황의 반복으로 채워졌다. 이탈리아어를 배우기로 하면서, 이제야 비로소 해방된 그 지난한 과정을 반복하는 기분이 들었다. 내게는 이제 스무 살의 기억력이 없고 스무 살에는 없었던 다른 일들과 엄청난 책임이 생겼는데, 그때만큼 노력해도 이룰까 말까 한 일을 시작한 것이다. 삶의 도구로 삼을 일이 없는 언어 배우기에 이토록 많은 시간과 에너지를 들여야 하나. 회의도 들었다. 하지만 한 주간 주말만을 기다려 온 직장인이 토요일 이른 아침부터 책가방을 메고 길을 나설 때는 그만한 이유가 있는 것이다. 일상에서 크게 쓰임이 없을 어떤 언어를 배운다는 것은 미래의 방문에 대한 기약 없는 약속이고, 그러므로 더욱 뜨겁고 순수한 사랑의 의지다.

즐거움 외에 다른 목적은 없는 외국어를 배우는 일은 책임으로 한없이 무거웠던 한 주에서의 탈출이자, 온갖 쓸모로 무장한 프랑스어로부터의 도피가 되어 갔다. 이탈리아어는 내게 세상에서 가장 가볍고 자유로운 해방의 외국어였다.

이탈리아어로 먹고, 프랑스어로 사랑하고, 러시아어로 일하고

오늘의 이탈리아어

piacere
마음에 든다, 기쁘다, 반갑다

세르지오: 어제 뭐 했어?

발렌티나: 마르타를 만나서 같이 아페리티프를 하고 파티에 갔어.

세르지오: 파티? 무슨 파티?

발렌티나: 어제 조르지오 생일이었잖아.

세르지오: 조르지오? 무슨 조르지오?

발렌티나: 무슨 조르지오라니? 우리 이웃 집 조르지오 말이야!

세르지오: 아 맞네! 오 맘마미아! 완전히 잊고 있었어! 맘마미아!

이런 망신이 있나!

오디오파일은 이렇게 남자의 절규로 끝났다. '~을 했다'

는 의미의 복합과거 문법에 대해 간략히 설명한 뒤 이레네 선생님이 듣기 연습용으로 틀어 놓은 오디오파일이었다. 남자가 어찌나 절망적으로 "케 브루타 피구라(Che brutta figura 이런 망신이 있나)!"를 외쳐 대는지, 복도를 지나가다가 이 부분만 들었으면 간밤에 술에 취해 행패 부린 것을 아침이 되어 깨달았나 했을 것이다. 우리가 모두 웃으니 이레네 선생님도 따라 웃긴 했는데, 선생님이 정말 재미있어한 것은 그다음이었다. 이 대화문을 몇 번 듣고 받아쓰기를 한 후 두 명씩 짝을 지어 읽기로 했는데, 무미건조한 "맘마미아"와 "케 브루타 피구라"가 반복되자 이레네 선생님이 깔깔 웃으며 말했다. "좀 더 감정을 실어 보세요! 좀 더 마음을 표현해 봐요"라고. 이웃 남자의 생일을 잊었다고 절규하는 남자에게 감정이입을 하기에 우리 파리지앵들의 심장은 너무 차가운 걸까. 이건 송강호 배우가 온다 해도 힘든 연기가 아닐까.

이 오디오파일 속 대화문에는 이탈리아인만의 특징이 있다. 하나는 이레네 선생님의 주문처럼 대화에 감정이 과도하게 실려 있다는 점이다. 이에 대해 이탈리아에서 15년 넘게 산 영국인 저널리스트 존 후퍼는 저서 《이탈리아 사람들이라서》에서 다른 유럽인들과도 구별되는 이탈리아인

만의 특성이라고 설명하며 이렇게 썼다. "이탈리아 사람에게는 내가 화났다는 사실을 알아차리게 하는 것이 정말 어렵다. 그래서 자유자재로 성질을 내는 능력을 익히게 된다. 목청을 의식적으로 높이고 몸동작을 크게 하노라면 이따금 상대방의 얼굴에서 무슨 뜻인지 알겠다는 표정과 함께 거의 유쾌한 놀라움이 뒤섞이는 것을 감지할 수 있다." 또한 그는 자신과 비슷한 경험을 한 동료의 말을 인용하며 이탈리아인과 다른 유럽인들의 차이를 유럽인과 아시아인의 차이에 비유한다. 유럽인들은 아시아인들을 보며 감정을 잘 드러내지 않는다고 생각하는데, 이탈리아인들은 다른 유럽인들을 보며 그렇게 생각한다는 것이다.

다른 한 가지는 (내가 보기에) 이웃과의 관계에 있다. 그로부터 몇 달 후, 나는 이탈리아어 수업에서 이런 설명을 들었다. "프랑스에서는 매해 5월 이웃 축제Fête des Voisins라는 날을 만들어 이웃들과 교류하지만, 이탈리아에서는 그런 날이 필요 없어요. 같은 건물에 사는 사람들끼리는 평소에도 잘 알고 지내고, 특히 남부 이탈리아에서는 이웃들끼리 어제 저녁에 뭘 먹었는지까지 알 정도로 가깝게 지낸답니다. 이탈리아에서는 이웃이 얼마나 중요한지, '앞집 이웃'을 가리키는 명사가 따로 존재해요. 디림페타이오

dirimpettaio라는 단어인데, 프랑스어에는 없는 명사죠."

그 말을 들으며 나는 오디오파일 대화문 속 남자를 떠올렸다. 그렇다면 그때 남자는 혹시 커뮤니티의 손가락질과 비난이 두려웠던 게 아닐까. 미국의 이탈리아 이민자들을 다룬 다큐멘터리에서 보니, 1세대 커뮤니티에서는 이웃끼리 너무 친한 나머지 아이들이 자기 집 저녁 메뉴가 마음에 들지 않으면 같은 건물 다른 집에 가서 저녁을 먹을 정도였다고 한다. 이 남자의 이웃들도 그만큼의 친밀한 관계일 수 있지 않은가. "글쎄, 2층 사는 세르지오가 3층 조르지오의 생일을 잊어버렸대." "뭐라고? 세르지오가 그런 놈이었어? 상종 못 하겠네." 이런 대화가 오가는 문화에서 살고 있다면 나라도 남자처럼 절규할 것이다.

조금씩 문장구조를 익히고 문장을 만들어 대화할 수 있는 수준이 되면서, 교재에 나오는 예문들에서도 점점 이탈리아인 특유의 성향이 드러나기 시작했다. 작은 일에도 격한 감정 변화를 보인다거나, 이웃을 가족처럼 여긴다는 점 이외에 가장 두드러지는 점은, 모든 대화가 먹는 이야기로 흐른다는 데 있었다.

기본 동사변형과 명사의 단수/복수를 배운 두 번째 수

업의 모든 예문은 카페에서 벌어졌다. 우리는 교재에 있는 카페의 음료 메뉴판을 보며 주문을 하고, 주문을 받았고, 비스켓, 잼, 버터, 시리얼, 크루아상, 계란, 각종 햄의 단수와 복수형을 배웠다. piacere(~이 마음에 든다) 동사의 용법은 이탈리아어 초급 문법 중 까다로운 편에 속하는데, 이 동사의 예문도 배경이 레스토랑이었다. 이탈리아 레스토랑의 메뉴판을 보며 전식에 속하는 안티파스티(antipasti)부터 파스타, 피자 등의 프리미(primi), 고기, 생선요리인 세콘디(secondi), 이와 곁들이는 콘토르니(contorni)와 디저트 돌치(dolci)까지 이어지는 코스 속에서 각자 자신이 좋아하는 음식과 싫어하는 음식을 이야기하고 서로의 취향을 묻는 연습을 했다. 듣기 예문에서는 레스토랑에 간 남녀가 무엇을 주문할지를 이야기하며 "나는 라자냐 싫어하잖아", "네가 화이트와인 좋아하니까" 같은 대화를 나눴다.

그다음 수업에서는 복합과거 용법을 배웠는데, 누구의 생일파티에 가서 무엇을 하고 무엇을 먹었는지에 대한 대화들이 나왔다. 그리고 학기 마지막 수업에서는 "너는 취미가 뭐니?"라는 제목으로 산책, 독서, 달리기, 수영, 악기연주 등등의 취미생활들이 다양하게 다뤄지는가 했더니, 금세 '시장에 가다'라는 내용이 등장했다. 토마토, 감자, 체리, 오이, 레몬, 고추 등의 채소와 각종 햄, 치즈를 배우며 시장에서 물건을 흥정하고 사고파는 상황극으로 대화했다. 듣기 예문마저 시장에서 벌어지는 상황에 관한 것이었다.

3개월 동안 진행된 첫 학기에서 카페에서 아침을 먹고, 시장에서 요리 재료를 사고, 레스토랑을 예약하고, 호불호를 이야기하며 음식을 주문하는 법까지 마스터한 셈인데, 그다음 학기 수업에서도 음식 이야기는 무궁무진하게 계속됐다. 가시밭길 같은 이탈리아어 수업에서 매번 음식이 주제로 등장하니, 이탈리아 음식을 먹기 위해서라면 언제든 비행기를 탈 마음의 준비가 된 나로서는 반가웠다. 이미 집에 이탈리아어로 된 요리책도 여러 권이고, 이탈리아 요리 관련 책도 많이 읽었던 터라 기본 상식으로 알고 있는 내용들도 있었다. 이탈리아 문화 중 아마도 가장 잘 알려지고 대중적인 것이 오페라와 더불어 음식일 테지만, 그럼에도 프랑스인의 평균보다 더 많이 먹어 봤고, 알고 있는 것 같은 기분이 들었다.

어느 날은 듣기 예문에 리볼리타(ribolita)라는 음식이 등장했다. 이레네 선생님은 리볼리타가 자신의 출신지인 피렌체 지방의 전통 요리라며, "리볼리타 먹어 본 사람 있나요?" 물었다. 내게는 너무나 익숙한 음식이라 당연한 듯 번쩍 손을 들었다가 손 든 사람이 나뿐이어서 놀랐다. "리볼리타를 어디에서 먹어 봤어요? 피렌체에서?"라는 질문에 "집에서 남편이 만들었어요"라고 대답했는데, 이레네 선생님이 갑자기 신이 나서 모두에게 다시 한번 강조하며 말해 주었다. "미성의 남편이 리볼리타를 만들 줄 안대요!" 저 사실의 어느 부분이 다시 강조할 만한 내용인지 생각하다가 혹시 이레네 선생님은 내가 이탈리아 남자와 사랑에 빠져 살고 있음을 다시 떠올린 게 아닐까 싶었다(이 오해는 그 학기가 끝나도록 풀지 못했다). 아무튼 리볼리타를 먹어 본 사람은 나뿐이었고, 그 외의 많은 음식들이 그랬다. 구두 회사의 엔지니어인 폴과 알제리 출신인 요리스가 포르케타(porchetta), 안티파스토(antipasto)와 같은 단어의 뜻을 질문하는 것으로 보아, 그들이 이탈리아를 좋아하는 이유가 음식은 아닌 것 같았다. 그들을 보면서 '내가 이탈리아어 감각은 좀 떨어질지 몰라도, 음식은 더 많이 먹어 봤다고!' 하는 쓸데없는 자부심도 생겼다. 반면, 퇴직을 앞둔 장은 이탈리아 요리에 관심이 무척 깊었다. 나와 한 팀이 되어 연습문제를 풀다가 내가 생햄을 칭하는 프로슈토(prosciutto) 카테고리 안에 모르타델레(mortadelle)를 넣는 걸 보더니, 그건 프로슈토가 아니라며 제조과정을 설명하기 시작했다. 나는 "우리는 지금 요리 백과사전을 만드는 중이 아니고, 채소, 과일, 치즈, 프로슈토 카테고리 중 하나에 단어를 넣고 있는데요" 말하고 싶었지만 그의 설명은 길어졌고, 이레네 선생님이 "장, 여기서는 자세히 따지지 않기로 해요. 그건 그냥 프로슈토에 넣읍시다"라고 말리면서 상황은 종료됐다.

또 한 가지, 이탈리아어 교재에 초반부터 이상하리만치 자주 등장했던 표현이 있는데 바로 "오프로 이오(Offro io)!"다. 우리말로 하면 "내가 쏜다!", 혹은 "내가 낼게!" 같은 뜻인데, 나는 이 말을 "몇 시입니까?"보다 먼저 배웠다. 교재에 어찌나 자주 등장하는지 잊으려야 잊을 겨를이 없었고, 반복 끝에 "그라치에", "본조르노" 같은 인사처럼 툭 치면 나올 정도가 됐는데, 과연 내 생애 한 번이나 써먹을 수 있을지 모르겠다. 혹시 이탈리아인도 한국인처럼 계산대 앞에서 "내가 낼게요", "아니 내가 낸다니까. 이 카드로 계산해 주세요" 하며 실랑이를 벌이는 민족인가? 프랑스어로 "내가 쏠게Je vous invite!"라는 표현을 프랑스에 산 지 몇 해가 지나 알게 됐다는 사실을 떠올리면, 어쨌거나 이탈리아인은 프랑스인에 비해 지갑을 여는 일에 화끈한 것으로 추측된다.

한국에서 프랑스어를 가르치는 친구에게 이탈리아어 교재

가 얼마나 먹는 이야기로 가득 차 있는지 이야기하자 친구
가 웃으면서 말했다. "이런 말이 있어. 러시아어 교재에서는
모두가 공장에 일하러 가고, 프랑스어 교재에서는 모두가
카페에 간다고." 그 말에 "맞아, 프랑스어는 그랬지. 러시아
는 공장이래?" 하며 한참을 웃었다.

생각해 보니 프랑스어 교재에 자주 등장하는 건 카페만
이 아니었다. 한국의 알리앙스 프랑세즈에서 초급 프랑스
어를 배우던 시절, 프랑스어 발음도 낯설었지만, 교재 속 사
람들의 세계도 생경했다. 초급 프랑스어 교재는 남자 둘 여
자 하나의 청춘남녀 이야기가 하나의 메인 스토리였고, 그
시작은 남녀 커플이 사는 집에 한 남성 청년이 하우스메이
트로 등장해 첫인사를 나누는 장면이었다. '아니, 저렇게 같
이 산다고?' 스무 살의 나로서는 이미 그 장면부터가 놀라웠
는데, 챕터가 넘어갈수록 인물들의 사랑과 우정의 이야기
가 파격적으로 펼쳐졌다. 그러니 이렇게 정리해 볼 수 있다.
"프랑스어로 카페에 가고, 이탈리아어로 시장에 가고, 러시
아어로는 공장에 간다"고. 그리고 "프랑스어로 연애하고, 이
탈리아어로 먹고, 러시아어로는 일한다"고. 그렇다면 요즘
한국어 교재에 등장하는 한국인들은 어디에 가고, 무엇을
하며 살고 있을까? 문득 궁금해지는 것이다.

외국어 능력을 가르는 차이

오늘의 이탈리아어

Scusi!
미안합니다!

이탈리아어를 배운다고 하면 사람들의 반응이 한결같았다. 프랑스 친구들은 하나같이 고개를 끄덕이며 물었다. "그래, 아름다운 언어지. 시청에서 무료 강좌 듣니?" 한국인 친구들은 잠시 말이 없다가 물었다. "아, 나중에 이민 가려고?" 무료도 아니고, 이민 계획도 딱히 없음을 알게 된 두 나라 친구들은 모두 어리둥절해하며 말했다. "굳이 왜?"

비슷한 반응들이 당황스러워 한국 친구들에게는 "그 이야기를 글로 써 보려고……" 하며 얼버무렸고, 프랑스 친구들에게는 "시청 수업은 시간 맞추기가 너무 힘든데, 미루다가는 못 할 것 같았어"라고 대답했다. 양쪽 모두 그제야 "아,

그렇다면 그럴 수 있지" 하며 수긍했다. 내가 엉뚱한 일을 하고 있나 하는 회의가 들 때쯤, 이탈리아어를 써먹을 기회가 다가왔다. 이른 여름휴가로 남편과 며칠 시칠리아에 다녀오기로 한 것이다. 주중에 틈틈이 예습한 덕에 수업에서도 더 이상 뒤처지지 않았고 자신감도 살짝 붙은 상태였다.

이탈리아어를 배우고 떠난 첫 여행이었지만, 결론부터 말하자면 별 소용은 없었다. 시칠리아 여행을 준비하며 잠깐씩 상상해 보았던 상황들, 이를테면 에어비앤비 주인과 이탈리아어로 팔레르모의 역사와 경제 상황에 관해 이야기한다든가, 동네 카페 주인에게 시칠리아 마피아 현황을 듣는다든가 하는, 그런 일들은 일어날 수 없었다. 그래도 버스 티켓 정도는 이탈리아어로 바로 살 수 있을 줄 알았다. 공항 버스 티켓 창구 앞에서 "본조르노, 두 빌리에티 페르 팔레르모, 페르 파보레(Buongiorno, due biglietti per Palermo, per favore 안녕하세요, 팔레르모 가는 표 두 장이요)"까지 말하고 "파고 콘 카르타(Pago con carta 카드로 결제할게요)"를 말하려고 하는데, 직원이 아주 빠른 이탈리아어로 뭐라고 말했다. 당황해서 "스쿠지(Scusi 죄송합니다)?" 하니, 다시 빠르게 뭐라고 말을 했는데, 정확히 어느 정거장까지 가냐고 묻는 것 같았다. 머릿속이 복잡해지면서 '아 그 영화 〈대부〉에 나왔던 오페라 극장인데 이름이 뭐더라' 생각하는 데, 직원이 재빨리 영어로 다시 물었다. 나는 간신히 "테아 트로!"라고 말했고, 그때부터 모든 일은 영어로 척척 진행 됐다. 내 뒤로 나와 같은 비행기를 타고 온 프랑스인들이 줄 줄이 도착하는 게 보이자, 직원은 나의 더듬더듬한 이탈리 아어를 오래 듣고 있을 마음이 없는 것 같았다.

그래도 식당에서는 얘기가 좀 되겠지 싶어, 첫째 날 저 녁 남편에게 "내가 이탈리아어로 한번 얘기해 보겠어" 선 포했다. 이탈리아 여행에서는 대부분 남편의 이탈리아어 에 완전히 의존해 왔었다. 남편은 고등학교 때 배운 게 전부 인, 전혀 유창하지 않은 이탈리아어 실력으로 우리 반 프랑 스인들처럼 이탈리아 사람들의 말을 참 잘도 알아들었고, 신기하게 자기 할 말은 어떻게든 다 했다. 참고로 고등학교 때 배운 나의 독일어는 무의식에조차 남아 있지 않다. 주문 하겠냐는 서버의 질문에 나는 자신 있게 "시(Si 네)!"라고 대 답하며, 우리가 고른 메뉴판 속 음식들을 이야기했다. 서버 가 받아 적으며 "베네, 베네(Bene, bene 좋습니다, 좋아요)" 하며 이탈리아어로 대답하길래 성공이구나 했는데, 또다시 빠른 이탈리아어로 예상치 못한 질문을 했다. 이번에는 재빠르게 방어 자세를 취하며 당황하지 않고 집중한 덕에 용케 질문을 알아들을 수 있었다. 내가 고른 새우 요리는 시즌이 아니고, 대신 메뉴판에 없는 다른 요리를 추천하겠다는 거였다. 그러고는 다른 요리에 대해 한참 설명하는데, 모르는 단어들이 연속됐고 어느 순간 그냥 놓아 버릴 수밖에 없었다. 서버는 말을 마치고 나를 보았고, 나는 자연스럽게 남편을 보았다. 눈치 없는 남편이 프랑스어로 "어떻게 할 거야?" 물었다. 속상한 마음을 누르며 "무슨 요리라는 거야?" 프랑스어로 물으니 "황새치 알이 아침에 엄청 들어왔대. 토마토와 함께 파스타를 만든다는데 맛있을 것 같아" 했다. 한 주에도 몇 번씩 이탈리아 요리책을 들추는 남편은 요리 재료와 관련해서 모르는 단어가 없었다. 나는 서버를 향해 고개를 끄덕이며 전의를 상실한 목소리로 "시"라고 대답했다. 서버는 미안한 듯 나를 보며 살짝 웃더니 갑자기 유창한 프랑스어로 주문을 이어 갔다. 왠지 그동안 내가 이들 사이에서 소통의 장벽으로 활약한 것 같아 마음이 상했지만, 그날의 링귀네는 바다를 품은 듯했고, 지금도 생각하면 침이 고일 만큼 맛있었다.

여행이 본격적으로 시작되자마자, 나는 내 이탈리아어가 아직은 활용 불가능함을 인정하고 마음을 내려놓아야 했다. 3개월 수업으로 시칠리아에서 마피아를 논할 수 있으면 애초에 이탈리아어를 돈 주고 배울 필요도 없었겠지. 대신 여행 내내 남편이 이탈리아어로 소통하는 모습을 관찰했다. 유창하지 않은 실력으로 도대체 어떻게 소통을 하는 건지 궁금해졌기 때문이다. 그리고 참으로 교과서적이지만 자주 잊게 되는 그 비결을 확인하게 됐다. 일차적으로는 이탈리아어가 프랑스어와 비슷한 구조의 언어인 덕이 크겠지만, 그보다 더 중요한 한 가지가 있었다.

시칠리아에서 머문 지 며칠이 지난 밤이었다. 다음 날 아침 일찍 출발하는 세제스타-트라파니-에리체 투어를 앞두고 저녁을 먹고 있었는데 "아마도 6인승 밴을 타고 가겠지" 같은 이야기를 나누다가 멀미약이 없다는 생각이 났다. 이탈리아에서 시외버스를 타고 여행을 다녀 본 사람이라면 알 거다. 1분에 한 번씩 머리가 천장에 닿도록 앉은 채로 점프를 하게 되는 사정을. 이탈리아의 자동차 도로는 평소 멀미하지 않는 사람도 멀미가 날 수밖에 없을 정도로 험하다. 서둘러 식당에서 나오니 저녁 8시 30분쯤이었다. 식당과 술집 빼고는 영업이 종료된 상황. 에어비앤비 주인에게 문자로 질문해, 팔레르모역 앞에 24시간 여는 약국을 찾았다. 약국은 문이 아닌 창문만 열려 있었는데, 촘촘한 창

우편요금
수취인 후납
발송유효기간
2023.7.1~2025.6.30
서대문우체국
제40454호

a
certain
book

도서출판 **어떤책**

03706 서울시 서대문구 성산로 253-4 402호

저희 책을 읽어 주셔서 감사합니다. 독자엽서를 보내 주시면 지난 책을 돌아보고 새 책을 기획하는 데 참고하겠습니다.

1. 《외국어를 배워요, 영어는 아니고요》를 구입하신 이유

2. 구입하신 서점

3. 이 책에서 특별히 인상 깊은 부분이 있다면 무엇인가요?

4. 권미정 작가에게 하고 싶은 말씀이 있다면 들려주세요. 대신 전해 드립니다.

5. 출판사에 하고 싶은 말씀이 있다면 들려주세요.

보내 주신 내용은 어떤 채 SNS에 무기명으로 인용될 수 있습니다. 이해 바랍니다.

살과 총알도 뚫지 못할 것 같은 두께로 무장한 창문 너머로 가운을 입은 약사가 보였다. 여행 전에 보고 온 시칠리아 마피아 다큐멘터리가 떠올랐다. '밤새 저기에 있으려면 창문이 튼튼해야 할 텐데' 생각하게 만드는 젊은 여성 약사였다. 창문 앞 거리에는 십수 명의 사람들이 길을 가로질러 줄을 서 있었고, 차례가 된 사람은 좁고 두꺼운 창문에 뚫린 몇 개의 작은 구멍 앞에서 자신의 병세와 필요한 약을 설명했다. 창문 아래로 난 틈 사이로 돈이나 카드를 넣어 계산하고 나면 약사가 아래쪽 우편함 같은 철제함에 약봉지를 넣어 밖으로 보냈다.

줄을 서 차례를 기다리면서 우리는 멀미약을 이탈리아어로 어떻게 표현해야 하나 고민했다. 교도소 면회장에서 흔히 보는 것보다 작을 것 같은 몇 개의 작은 구멍으로 사연을 전달해야 한다는 상황이 더욱 어렵게 느껴졌다. 프랑스어로 '멀미'가 딱 떨어지는 한 단어가 아닌 '이동의 통증 Mal de transport'이라는 상태 설명 단어인 만큼, 이탈리아어도 비슷할 걸로 생각해 구글 번역기에 돌렸다. 어차피 약 이름이란 게 파라세타몰paracetamol과 같이 성분만 알면 비슷하게 지어질 테니, 안 되면 프랑스 멀미약 이름을 말해 보기로 했다.

우리 차례가 됐다. 유리창에 대고 구글에서 찾은 단어를 말했을 때, 약사는 역시나 눈을 크게 뜨며 무슨 말이냐는 듯 고개를 저었다. 물론 영어는 통하지 않았고, 프랑스 멀미약 이름을 몇 번이고 이야기했지만 전혀 모르겠다는 표정이었다. 스마트폰에서 검색한 화면을 보여 주는 등 여러 시도를 해도 놀라울 만큼 통하지 않아서 그냥 멀미약 없이 가야 하나 하는데, 남편이 조금도 동요하지 않은 목소리로 침착하게 더듬더듬 말했다. "내일 우리는 세제스타에 갑니다. 자동차를 타고. 차가 많이 움직이면 배가 아픕니다" 같은 식으로 천천히 말했는데, 미간을 찌푸리고 가만히 듣던 약사가 어느 순간 활짝 웃었다. 그리고 서둘러 약을 찾아와 비행기와 기차, 자동차 그림이 그려진 약통을 유리창에 대고 보여 주었다. 맘마미아!

여행을 하는 동안 중요한 일에 말이 통하지 않아 긴장이 감도는 순간들이 있었다. 아침 8시에 숙소 앞으로 오기로 한 투어 차량이 30분이 지나도록 오지 않아 영어를 못 하는 차량 운전사와 통화할 때도, 체팔루역에서 기차표를 파는 담배 가게 아저씨가 급행열차 탑승에 꼭 필요하다며 우리의 여권번호를 물었을 때도 남편은 더듬거리는 이탈리아어지만 아는 단어들을 총동원해 침착하게 상황을 이해하고 사정을 설명했다. 그 모습을 지켜보면서 생각했다. 우리는 아주 간단한 단어만으로도 소통할 수 있고 나는 필요한 단어들을 이미 알고 있지만, 제대로 쓰지 못하는 게 진짜 문제일지 모른다고. 시칠리아에서 나 또한 이탈리아어로 대화할 수 있는 많은 순간이 있었으나 이탈리아어에 대한 심적 거리감과 부담으로 입을 열기도 전에 습관적으로 포기했다. 반면 남편에게는 외국어라는 긴장이 별로 없는 듯 보였다. 그저 상대의 말에 차분하게 집중하고, 내가 이탈리아어를 잘 못하는 걸 상대가 알든 말든, 상대가 미간을 찌푸리든 말든 그저 소통의 목적 하나만을 위해 노력하는 것이다. 집중과 집요함이란 얼마나 많은 일을 이루게 하는지.

언어의 궁극적 의미는 소통에 있으므로 외국어는 소통의 과정을 통해서만 단련되고 길들일 수 있다. 아직 때가 아니라는 생각으로 계속 체념하고 소통을 포기하다 보면, 때는 영영 오지 않을지 모른다.

시칠리아에서 돌아온 주의 토요일에는 학기의 마지막 수업이 있었다. 7월부터 두 달간의 여름방학 후, 10월이 되어야 다음 학기가 시작된다고 했다. 이탈리아 여행도 이처럼 허망하게 끝났는데, 아무 일 없이 세 달을 보내고 나면 그나마 알고 있던 단어와 문법마저 모두 잊어버릴 게 분명했다. 유튜브로 알게 된 이탈리아어 인터넷강의계의 스타, 실비아 선생님의 강의를 검색하다 보니, 한국의 어느 인강 플랫폼으로 자연스럽게 연결됐다. 거기에 실비아 선생님의 이탈리아어 강의 패키지가 있었고, 고민 끝에 나는 1년 기한의 그 패키지를 구매했다. 방학 때마다 온갖 학원에 시달리던 어린 시절이 떠올라 쓴웃음이 났다. 나는 결국 쉬는 일을 초조해하는 어른이 된 걸까? 우리 반 사람들이 이 사실을 알면 놀라워하겠지? 여름방학에 인강까지 듣는 사람은 나밖에 없을 거다.

시칠리아 마피아의 식탐

오늘의 이탈리아어

Buon appetito!
맛있게 드세요!

영화는 남편과 나에게 많은 것을 가르쳐 주었는데, 이탈리아 요리도 그중 하나다.

시작은 영화학교 시절 우리를 완전히 사로잡았던 마틴 스코세이지 감독의 〈좋은 친구들〉이었다. 영화는 뉴욕 브루클린에서 동네 마피아들을 동경하며 자란 주인공 헨리(레이 리오타 분)가 지미(로버트 드 니로 분)와 토미(조 페시 분)를 만나 범죄를 저지르다가 감옥에 가고, 살아남기 위해 서로를 배신하는 이야기를 담고 있다. 이 영화에는 스코세이지 특유의 정지화면 기법과 완벽한 플랑 세캉스Plan Sequence, 1신-1숏, 인물들의 성격이 그대로 드러나는 살아 있는 대사 그리고 롤링스톤스의 음악 등 영화학교 학생이 감탄할 만한 것들이 많이 있지만, 잊을 수 없는 장면은 따로 있었다.

영화의 중반부, 세 인물이 마피아 조직원을 우발적으로 살해한 후 전개되는 장면이다. 예기치 않았던 살인으로 긴박하게 진행되던 영화는, 암매장에 쓸 삽을 가지러 토미가 집에 들르면서 잠깐 엉뚱한 방향으로 흐른다. 한밤중의 그의 집에는 잠에서 깬 어머니가 있었고, 어머니는 저녁을 먹고 가라며 셋을 붙든다. 그리고 갑자기 식사 장면이 펼쳐진다. 시체를 암매장하러 가던 세 남자는 이탈리안 어머니가 만들어 준 파스타를 고개를 들 틈도 없이 먹는다. 어머니는 그들을 흐뭇하게 보며 "요즘 도대체 뭘 하고 다니길래 얼굴 보기도 힘드냐", "얘도 결혼해야 하는데 좋은 여자 없냐" 같은 걱정을 하고, 그들은 갑자기 착한 아들과 그의 친구들이 되어 다정하게 대화를 나눈다. 그 장면은 죽은 줄 알았던 남자가 차 트렁크에 갇혀 있다가 깨어나면서 트렁크 문을 두드리는 장면으로 이어지고, 영화는 다시 가던 길을 찾아가게 된다.

얼핏 맥락 없이 펼쳐지는 이 식사 장면은 다른 나라 사람들을 웃음 짓게 하는 이탈리아인 클리셰로 가득 차 있다.

맘마 이탈리아나Mamma Italiana라고 하는, 이탈리아 어머니의 전형적 모습과 그런 엄마에게 꼼짝 못 하는 마마보이 아들들, 이탈리아 요리라면 가던 길도 멈추는 이탈리아인의 식탐이 그것이다.

이 장면에 나오는 토미의 어머니는 스코세이지 감독의 모친이라고 하는데, 그녀는 종종 쑥스러운 웃음을 감추지 못하며 카메라를 슬쩍슬쩍 바라본다. 영화의 흐름상 가장 중요한 부분에 감독은 직업 배우가 아닌 어머니를 등장시킨 것이다.

스코세이지 여사는 영화에서와 마찬가지로 요리를 매우 잘하셨나 보다. 1996년에 스코세이지 여사가 펴낸《이탈리안 아메리칸Italian American》이라는 요리책의 인터넷서점 독자후기를 보면 최근까지도 많은 이들이 그녀의 레시피를 극찬하고 있다. 스코세이지 감독은 다큐멘터리 영화 〈이탈리아나메리칸Italianamerican〉에서 어머니에게 특기인 토마토 라구소스의 레시피를 질문하는데, 이 장면을 보면 감독은 어머니의 요리도 무척 좋아했지만, 자신의 요리에 대해 자랑스럽게 이야기하는 어머니의 모습을 더 좋아했던 것 같다. 결국 일생일대의 중대하고 위험한 일을 하러 가다가 어머니의 파스타에 힘을 받는 이 세 남자의 모습은 스코세이지 감독 본인의 이야기였을 것이다.

나와 남편이 이탈리아 이민 3세대인 마틴 스코세이지와 프랜시스 포드 코폴라의 영화들로 미국의 이탈리아 이민자들과 그들의 음식문화에 흥미를 갖게 됐다면, 실제 이탈리아 요리를 하게 만든 작품은 미국 드라마 〈소프라노스 Sopranos〉 시리즈였다. 〈소프라노스〉는 1999~2007년 HBO에서 방영된 시리즈인데 뉴저지의 마피아, 토니 소프라노의 일상 이야기다. 이 드라마는 마피아에게도 골칫거리인 사춘기 자녀들과 고부갈등을 겪는 아내와 어머니, 얄미운 여동생이 있고, 그도 정신과 상담을 받는 현대인이라는 점을 보여 주면서 마피아를 하나의 직업인으로 그린다. 느와르 영화 속 마피아가 아닌 가족드라마 속 고군분투하는 마피아를 보고 있노라면, 육체적 폭력을 무기로 쓰지 않을 뿐 현대인의 생존방식이 마피아의 세계와 다를 게 없다는 생각이 든다.

이 시리즈는 스코세이지의 〈좋은 친구들〉을 패러디하고 〈좋은 친구들〉에서 연기했던 배우들을 등장시킴으로써 스코세이지 감독의 작품이 시리즈의 모태임을 숨김없이 드러낸다. 특히 먹는 일에 집착하는 마피아들의 등장이 그렇다. 〈소프라노스〉는 음식과 먹는 행위로 욕구 불만과

탐욕과 불안 등 현대인의 정신적 긴장을 자연스럽게 보여준다.

극중 인물들은 매회 파스타와 그라탕, 각종 고기 요리, 햄과 치즈, 디저트까지 다양한 이탈리아 요리들을 먹고, 어떻게 하면 더 맛있게 먹을 수 있는지를 진지하게 이야기하며, 더 나은 식당을 열심히 찾아다닌다. 맛있는 이탈리아 요리에 대한 욕망이 어찌나 강한지, 유일하게 식탐이 없는 한 조직원이 못 참고 "제발 먹는 얘기 좀 그만하면 안 되냐. 우리는 왜 모이기만 하면 먹는 얘기냐"며 투덜거리다가 혼이 나는 자조적인 장면도 있다.

물론 남편과 나, 우리 두 시청자는 음식 이야기가 계속되길 바랐다. 다채롭게 펼쳐지는 이탈리아 요리들을 구경하는 재미도 있었고, 맛집을 찾아다니고 토론하고 천진한 얼굴로 그 맛을 음미하는 중년의 미식가 마피아들을 보노라면, 아등바등한 삶에 이런 달콤함은 있어야지 싶어, 덩달아 위로받는 기분이 들었다.

우리는 한 회가 끝날 때마다 이탈리아 맛집을 검색하는 후유증에 시달리다가, 등장인물들이 먹던 파스타의 레시피를 검색하기 시작했다. 얼마 안 가 우리는 토니 소프라노가 냉장고에서 꺼내 먹던 파스타 그라탕부터 시칠리아식 미트

볼 요리인 폴페테polpette까지 직접 만들어 먹는 상황에 이르렀고, 드라마보다 이탈리아 요리 자체에 더 몰입하기 시작했을 무렵에는 우리의 일상도 다른 일들로 바빠졌다. 그렇게 마피아는 우리에게 이탈리아 요리를 가르쳐 주고 기억에서 사라져 갔다.

잊혔던 마피아의 식탐을 다시 떠올린 것은 시칠리아에 가면서였다. 처음 시칠리아 여행을 계획할 때만 해도 시칠리아가 이토록 마피아와 밀접한 영향이 있는지 예상치 못했다. 여행을 준비하며 시칠리아와 관련된 다큐멘터리, 영화, 문학작품 들을 찾아봤는데, 놀랍게도 어디에나 마피아 이야기가 빠지지 않았다. 심지어 팔레르모에는 '안티-마피아 협회'가 있었고, 그들과 함께 도시를 돌며 마피아에게서 입은 피해의 역사와 안티-마피아 운동에 대해 알아보는 여행 프로그램도 인기리에 진행되고 있었다. 시칠리아를 이해하기 위해서는 마피아의 역사를 알아야 할 것 같았고, 우리는 어리둥절한 기분으로 마피아를 공부하기 시작했다. 그제야 영화 〈대부〉의 돈 코를레오네 일가가 시칠리아 출신이었다는 생각이 퍼뜩 들어 〈대부〉 시리즈를 다시 보았으나, 실제의 마피아는 영화 속의 그들과 많이 달랐다. 넷플릭스에서 수십 년을 농부로 위장해 조직을 운영하면서 수많은 일반인과 지역의 판사까지 살해한 마피아 두목에 관한 4부작 다큐멘터리를 보고 나자 정신이 번쩍 들었다. 그들은 그저 식탐 많은 동네 불량배가 아니었다. 명품 양복을 빼입고 말 한마디로 조직을 움직이는 고독한 돈 코를레오네도 아니었다. 시칠리아에서 마피아는 지옥 같은 존재였다. 스코세이지의 영화에서 조직원들은 비참한 말로를 맞이하지만, 놀랍게도 실제 이탈리아 마피아의 영향력은 여전히 지속되고 있었다. 유럽의 민주국가인 이탈리아 정도의 나라에서 정부가 이렇게까지 손을 쓰지 못하고 있다니 이해하기 어려운 부분도 있었다.

시칠리아에서 며칠을 보내고 그 이유를 짐작하게 됐다. 그동안 이탈리아 남부의 많은 도시를 여행했지만, 이만큼 북부와의 빈부 격차를 피부로 느껴 본 적이 없었다. 거리의 쓰레기더미는 로마, 나폴리에서도 자주 보았으나 시칠리아의 느낌은 좀 달랐다. 시장과 몇 개의 관광지를 제외하면, 도시 전체에 집단적인 무력감과 패배감이 감돌았다. 농업으로 먹고사는 지역이라고는 해도 팔레르모 정도의 도시에서라면 볼 수 있을 법한, 사람들이 출퇴근하는 모습도 잘 보이지 않았고 청년들은 대낮에 트레이닝복 차림으로 거리에 나와 있었다. 저녁이 되면 낮에 볼 수 없었던 인파가 몰려나와 밤이 새도록 먹고, 마시고, 이야기를 나눴다. 처음에는 시칠리아의 더운 날씨 때문이라고만 생각했는데, 낮에 노동하는 사람들의 체력이 그럴 수는 없었다. 출퇴근만 하는데도 10시만 되면 곯아떨어지는 사람이 바로 나니까. 궁금해서 검색해 보니, 2021년 시칠리아 지역의 청년 실업률이 40퍼센트에 육박했다. 여성 실업률 또한 높은 편으로, 15~64세 사이 여성의 32.9퍼센트만이 일하고 있었다. 유럽 평균 여성 고용률 수치가 63.4퍼센트고, 이탈리아 평균이 49.4퍼센트임을 감안하면, 일하는 여성이 매우 적은 편이다. (이탈리아에 관한 통계는 유럽연합에서 운영하는 사이트 eures.ec.europa.eu에서 확인할 수 있다.)

우리와 함께 도시를 거닐며 이야기를 나눈 서른일곱 살의 팔레르모 청년 톰은, 팔레르모의 밤 문화를 묻는 질문에 "낮에는 더우니까 친구들하고 보통 10시 넘어서 만나서 새벽 3시 정도까지 놀다가 헤어지지"라고 대답했다. 깜짝 놀라 "그럼 잠은 언제 자고 출근은 어떻게 해?"라고 묻자 친구들이 대부분 실업 상태라서 괜찮다고 했다. 시칠리아에서는 마흔이 되어도 결혼 전이라면 부모와 함께 사는 젊은 이들이 대부분이고, 형제와 조부모까지 합하면 보통 한 집에 6~7명까지도 모여 산다고 했다. 부모와 마흔이 다 되어 가는 자식들이 모두 모여 사는 모습을 상상하니, 일자리가 없다고 해도 거리에 나앉을 걱정은 없겠다는 생각이 들었다. 일단 주거는 해결됐고, 그중 한두 명만 일해도 굶을 걱정은 없지 않을까 싶어서.

우리의 대화가 코로나 팬데믹으로 나아갔을 때, 내가 "이탈리아가 유럽에서 제일 처음으로 팬데믹이었잖아. 그때 괜찮았어? 식사는 어떻게 하고? 프랑스에서는 혼자 사는 사람들이 많이 힘들어했거든" 하자, 톰이 말했다. "그때 정말 엄청났지. 집집마다 할머니 할아버지들이 많아서" 하다가 덧붙였다. "근데, 먹는 건 괜찮았어. 어차피 요리는 엄마가 하니까. 평소와 다름없이 잘 먹었는걸." 그렇다. 그들에게는 엄마가, 그러니까 맘마 이탈리아나가 있다. 잊었던 마피아의 식탐이 다시 떠올랐다.

내가 본 시칠리아는 평화롭고 끝없이 탄성이 나올 만큼 아름다운 풍경이 있는 지구의 보물 같은 곳이었지만, 내가 본 이탈리아의 도시 중에 가장 빈곤했으며, 조금 과장을 보태면 마치 방치된 섬 같았다. 중앙정부의 공권력, 행정부와 사법부의 영향력이 닿지 않는 곳이라는 느낌이 들었는데, 이러니 마피아가 생겼겠구나 싶었다. 그리하여 어떤 이들은 차라리 새로운 곳으로 떠나는 선택을 했다. 대물림되는 가난과 무력함에서 탈출하고자 했던 사람들이 희망을 찾아 떠났다. 그들은 배를 타고 뉴욕으로, 프랑스 남부로 갔다. 스코세이지 감독의 조부모가 그랬듯이, 비좁고 거친 뉴욕의 거리 한편에 자리를 잡고 건설 노동을 하고 바느질을 하며 아이를 낳고 키웠다. 이민자로서 그들의 삶은 결코 녹록지 않았다. 부모의 삶을 보고 자란 그들의 아이들이 또다시 비열한 거리에서 돈 코를레오네가 되고, 헨리가 되었으며, 토니 소프라노가 됐을 것이다.

거기까지 생각이 이르니 나는 미국 영화와 드라마 속 이탈리아 이민자들과 마피아들의 식탐을 이해할 것 같았다. 그들이 왜 그리 음식에 집착했는지. 냉혹한 삶에서도 믿을 수 있는 단 한 가지, 엄마의 따뜻한 요리가 그들에게 어떤 의미인지 이해할 것 같았다. 이민자의 식탐이란 혀와 위가 아닌 가슴으로부터 비롯되는 것이니까. 이민자의 가슴에는 고향에 관한 모든 것을 끌어당기는 구멍이 있음을, 나는 잘 알고 있다.

프란체스카 선생님

오늘의 이탈리아어

insegnante
선생님

이탈리아어 기초문법 인터넷강의를 다 보고 나니 어느덧 9월이었다. 이탈리아 문화원의 새 학기 수강신청이 시작됐다. 나는 지난 3월의 봄날 그랬듯이, 메일로 먼저 약속을 잡고 정오가 되자마자 회사에서 나와 센강을 뛰듯이 건넜다. 셰익스피어 앤드 컴퍼니 서점 뒷길의 이탈리아 문화원에서 3월에 봤던 발레리가 같은 자리에 앉아서 수표를 받았고, 평일 저녁 수업은 불가능하냐고 똑같이 물었다. 그리고 10월로 정해진 첫 수업이 임박할 때까지 연락이 없었다. 이번에도 나는 끝까지 기다리지 못하고 전화로 재촉하고 나서야 수업 장소와 시간 확정 메일을 받았다. 수표는 9월

초에 일찌감치 결제된 상황이었다.

10월의 토요일 아침, 첫 수업이 시작됐다. 이레네 선생님을 비롯한 지난 학기 사람들과의 반가운 재회를 기대하며 강의실에 도착했는데, 예기치 못한 상황이 펼쳐졌다. 교실에 이레네가 아닌 다른 선생님이 기다리고 있었고, 한 명 한 명 들어오는 학생들도 모두 새로운 사람들이었다. 궁금했던 장프랑수아의 자취도 찾을 수 없었으며, 지난여름 마지막 수업 후 지하철까지 함께 걸으며 새 학기에 꼭 다시 만나자고 약속했던 안느도 보이지 않았다. 내가 혹시 다른 반에 와 있나 의심되던 순간, 익숙한 두 명이 문을 열고 들어왔는데, 퇴직 후 이탈리아에서 살 거라던 금융업 종사자 장과 명품 구두 브랜드에서 일한다던 폴이었다. 지난 학기 수업에서는 서로 데면데면했으나 모르는 사람들 사이에서 만나니 반갑기가 그지없었다. 우리는 눈빛으로 서로의 안도와 반가움을 확인했다. 마치 초등학교 시절, 새 학년에도 같은 반이 된 친구들을 봤을 때의 딱 그런 기분이었다.

새 학기 첫 수업은 프란체스카 선생님이 인상 깊게 남았다. 50대 중반쯤으로 보이는 이탈리아 여성이었는데, 풍기는 분위기가 이레네 선생님과는 사뭇 달랐다. 작은 키에 단발머리, 뿔테안경을 쓴 모습이 흡사 픽사의 애니메이션

영화 〈인크레더블〉에 나오는 디자이너 에드나 모드와 닮았고, 특히 작은 체구에서도 자연스럽게 뿜어져 나오는 카리스마가 만화 속 디자이너만큼 강렬했다.

　직장인이 된 후 선생님들을 바라보는 내 관점이 학생 때와는 달라졌음을 느낄 때가 있다. 그들의 나이가 많든 적든 상관없이 내가 그들을 직업인으로 보고 있음을 자각할 때다. 같은 직업인으로 상대를 보면 대체로 더 배려하게 된다. 시간을 더 잘 지키려고 노력하고, 수업 계획을 존중하고, 최대한 협조하려는 마음을 갖게 된다. 수업 자체를 그의 업무로 보다 보니 일하는 스타일을 냉정하게 분석하고 판단하게 된다. 그런 맥락에서 이레네 선생님이 성실하지만 빈틈도 많은, 격려해 주고 싶은 사회 초년생 같았다면, 프란체스카 선생님은 엄청난 포스의 선배를 보는 기분이었다. 수업이 시작되자마자 나는 알았다. 굳은 책임감과 자긍심으로 무엇이든 결국 해내고 마는, 긍정의 에너지를 뿜어내는 멋진 직업인을 만났다는 것을.

　이를테면 이런 순간들이 있었다. 수업 시작 후 얼마 되지 않았을 때였다. 프란체스카 선생님의 설명을 듣다가 고개를 숙이고 책을 뒤적이는데 이런 말이 들렸다.

　"오늘 수업 내용은 모두 이 시간에 완전히 소화하고 가세요. 집에 가서 따로 공부하겠다고 생각하지 말고요. 책을 보지 말고 나를 보세요. 나에게 질문하고요."

어느 선생님에게라도 들을 수 있는 평범한 말인데 왜 그렇게 그 말이 신선했을까. 내가 가르치는 내용에서만큼은 내가 책임지겠다는, 교사의 단단한 결기 같은 것이 느껴져서일까. 생각해 보면 걱정하지 말고 나만 따라오면 된다고 말하는 선생님을 나는 최소한 스무 살 이후에는 만나 본 일이 없었다. 공부라는 것이 수업 내용을 잘 이해하고 외우는 것이라고 여기지도 않고, 무엇보다 그것만 해서는 기본 학점도 받기 힘든 프랑스의 대학을 다녀서 그럴지 모르겠다. 들어가기는 쉬우나 졸업하기는 어려운 프랑스의 대학에서 공부는 모든 학생의 자율적인 선택이며, 열심히 하지 않으면 학위를 따지 못하는 것으로 스스로 책임지게 된다. 프랑스에서 선생은 방향을 제시할 뿐 그 과목을 소화하기 위한 공부는 각자의 몫이라고 여기는 분위기다.

성인이 되고 나서 선생에게서 듣는 '나만 따라오면 된다'는 말은 얼마나 큰 안심을 주는가. 나는 어쩌면 너무 오랫동안 너무 많은 것을 자율에 맡기는 자유로운 분위기에서 늘 스스로 답을 찾아야 하는 일에 지쳐 있었나 보다. 그 한마디에 혼자 끙끙거리고 고군분투했던 지난 몇 달의 고독이 치유되는 기분이었다. "네 선생님, 제 영혼을 통째로 드릴게요" 하며 충성을 맹세하고 싶어졌다.

프란체스카 선생님은 쩌렁쩌렁한 목소리로 빈틈없이 열한 명을 모두 집중시켰고, 또박또박한 이탈리아어로 설명하다가 조금 어렵다 싶으면 재빨리 유창한 프랑스어로 설명했다. 첫 수업에서는 지난 학기에 이레네 선생님이 10분 정도의 설명으로 빠르게 넘어갔던 복합과거 시제를 다시 배웠는데, 이탈리아어 동사변형에 대해 그는 이렇게 말했다.

"미안하지만 동사변형은 내가 어떻게 해 줄 수 없어요. 샤워하면서 외우고, 화장실에서 외우고, 시간만 나면 계속 중얼거리면서 외우는 수밖에 없습니다. 지금은 기초반이니까 얼마든지 틀려도 되지만, 중급반에 올라가서는 틀리면 안 돼요. 이탈리아에 가서 동사변형 틀린다고 사람들이 못 알아듣지는 않겠지만, 당신이 구사하는 건 이탈리아어가 아닌 거죠. 그때그때 바로바로 나올 정도가 되도록 그냥 외우세요." 불규칙이 많고 까다로워 지난 몇 달간 나를 고생시킨 바로 그 동사변형이 아닌가. 이 말을 몇 달 전 들었더라면 나는 조금 덜 놀라고 덜 힘들어했을 것이다.

또 프란체스카 선생님은 그럴듯한 이탈리아어 액센트

를 구사하지만 빨리 읽느라 단어 각각의 발음이 정확하지 않은 사람에게 단호하게 "진정하고 다시 읽어 보라"며 몇 번을 천천히 다시 읽게 하고 학생 스스로 잘못된 부분을 찾도록 했다. 단답형으로 대답하는 사람에게는 "최소한 주어와 동사가 온전히 갖추어진 문장으로 말하는 습관을 기르세요. 그렇지 않으면 언어는 성장할 수 없어요"라고 말해 주었다. 쉽게 답할 수 있는 문장인데 조금 더 섬세하게 이야기하고 싶어 끙끙거리는 사람에게는 "쉽게 생각하세요. 쉬운 문장들이 바로바로 나올 수 있는 실력이 돼야 복잡한 문장도 자연스럽게 만들어집니다"라고 충고했다. 그리고 자주 이처럼 말했다.

"이 수업에서는 부끄러워하지 마세요. 실수의 권리는 초보에게만 있습니다. 그 권리를 마음껏 누리세요. 언어에는 왕도가 없어요. 최대한 많이 실수하며 이야기하는 수밖에는."

실수의 권리를 누리라니, 왕초보의 설움이 다 녹아내리는 것 같았다. 나는 이탈리아어에 있어서 3세 미만의 어린이인 것이다. 무엇을 해도 내 잘못이 아닌 시기, 조금 있으면 훅 지나갈, 미숙해도 좋은 잠깐의 시기.

수업을 시작하기에 앞서 우리는 각자 자신의 이름을 말하고 왜 이탈리아어를 배우는지를 짧게 소개하는 시간을 가졌다. 지난 학기 수업보다 다양한 연령대의 다양한 국적의 사람들이 있었다. 프랑스인이지만 삶의 대부분을 미국에서 보냈다는, 세 단어 중 하나는 영어로 말하는 노년의 남자가 있었고, 이탈리아인과 결혼한 모로코 출신 젊은 남자도 있었다. 나와 함께 아시아 지분을 담당하는 젊은 중국 여자도 있었고, 스페인 출신의 여학생도 있었다. 사람들은 대체적으로 일 때문에 이탈리아어를 배웠고, 나처럼 그저 문화가 좋아서 배우는 경우도 몇 있었다. 모로코, 중국, 한국, 스페인 등 발음이 쉽지 않은 이국의 이름들이 많아서 그렇다며 프란체스카 선생님은 각자 자기 앞에 이름표를 만들어달라고 했다. 그리고 정확한 발음을 몇 번씩 물었는데 "오늘만 이렇게 물어볼게요. 다음 주부터는 이런 일 없을 거예요" 하면서 양해를 구했다. 그리고 그다음 주 수업부터 이름표를 보지 않고 정확한 발음으로 나를 "미성"이라고 불렀다. 그 발음을 듣고 나는 프랑스에 와서 산 이후로 내 이름을 그렇게 정확하게 발음한 사람이 몇 명이나 있었던가 자문했다. 세상에는 어색하고 이국적인 누군가의 이름을 정확하게 부르려고 애쓰는 사람과 자신에게는 익숙한 이름

이 아니니 조금 틀려도 상관없다고 여기는 사람이 있을 것이다. 이름을 부른다는 것은 타인을 대하는 가장 기본적인 자세이자 기초적인 예의임을, 그러므로 존중의 자세는 상대를 정확하게 부르는 일에서 시작한다는 것을 우리는 자주 잊는다. 나는 어떤가. 익숙하지 않은 타인의 이름을 정확하게 발음하기 위해 애쓰는 종류의 사람이었나. 몇 개의 기억들이 빠르게 스쳐 갔다.

그날 첫 수업을 마치며, 이제 매주 토요일 아침 세 시간이 한 주의 오아시스가 될 것임을 알았다. 나의 이탈리아어가 나아지도록 온 힘을 다해 도와주는 단단한 존재가 있다는 사실에 그동안 혼자 분투하던 설움이 싹 가시는 기분이었다. 여름 동안의 복습과 예습의 효과로 수업 내용도 더 이상 버겁지 않았다. 이탈리아어가 드디어 내게 스며들고 있었다. 머리가 아닌 몸의 감각으로.

초보의 권리와 자유

오늘의 이탈리아어

Non è facile.
쉽지 않군.

동양인이 있으면 나도 모르게 한 번 더 눈길을 주게 된다. 첫 수업에서 랑을 봤을 때도 그랬다. 옷과 메이크업 스타일을 보고 혹시 한국인인가 했는데, 중국에서 왔고, 프랑스에 온 지 10년이 넘었다고 했다. 대강 짐작되는 나이로 봤을 때, 나처럼 스무 살이 되기 전에 프랑스에 왔겠구나 싶었다. 랑은 성악에 필요해서 이탈리아어를 배운다고 했다. 랑뿐 아니라 모로코 출신의 살리마도 성악을 하느라 이탈리아어를 배우고 있다고 했다. 프랑스어를 배우면서는 한국에서 온 미술작가들을 많이 알게 됐는데, 이탈리아어를 배우니 성악가들을 만나게 됐다.

벽을 따라 둘러앉게 되어 있는 교실에서 랑도 나처럼 칠판을 정면으로 보는 자리를 선호하는지 매번 내 옆자리에 앉았다. 그래도 사적인 대화를 나눌 겨를은 없었다. 자율적인 회화가 거의 불가능한 기초 이탈리아어 수업은 대부분 선생님의 주도로 흘러갈 수밖에 없고, 설명을 듣고 따라가는 것만으로도 정신이 없으니까. 전체적인 반 분위기도 그랬다. 남들에게 사적인 질문 하기를 꺼리는 프랑스 사람들의 특성 때문인지, 이탈리아어를 배우는 사람들이 특히 내성적인지, 사람들은 서로 눈이 마주치면 환하게 웃기는 해도 쉽게 이야기를 나누며 친해지지는 않았다. 어학연수 시절에 모두가 쉽게 같이 밥을 먹고 빠르게 친해졌던 것은 우리가 모두 스무 살 언저리였기 때문이었을까, 초보 외국 생활이 모두에게 녹록지 않았기 때문이었을까.

랑을 눈여겨보게 된 건 두 번째 수업부터였다. 각자 문제를 풀고 나서 프란체스카 선생님이 지목하면 자신이 쓴 문장을 읽는 시간이었다. 선생님이 랑을 불렀는데 답이 없었다. 고개를 들어 옆을 보니 랑은 고개를 푹 숙인 채 책만 보면서 심각한 표정으로 문제를 풀고 있었다. 자신을 부르는 걸 모르는 모양이었다. 선생님이 몇 번을 더 호명했는데도 모르는 것 같아 내가 팔을 살짝 두드렸다. 그제야 랑은 화들짝 놀라 고개를 들었고 문장을 더듬더듬 읽었는데 문법적으로 맞지 않았다. 모두가 정답을 이야기하고 있던 건 아니었지만, 랑은 그날 선생님이 몇 번을 강조했던 기본적인 부분을 놓치고 있었다. 두 사람씩 함께 회화 연습을 할 때도 그랬다. 내가 "그들은 어젯밤에 함께 영화를 보았다(Hanno visto insieme un film ieri sera)"라는 문장을 만들면, 랑은 왜 내가 hanno를 썼는지 visto가 무슨 뜻인지 물었다. 모두 지난 수업에서 배운 내용인데도 그랬다. 결정적으로 선생님이 몇 페이지의 몇 번을 보라고 할 때, 혹은 어느 부분을 큰 소리로 읽어 보라고 할 때 바로 알아듣지 못하고 허둥댔다. 지난 학기 나를 보는 것 같았다. 아, 내가 딱 저랬겠구나.

프란체스카 선생님은 잘 따라오지 못하는 랑이 걱정됐는지 자주 랑을 지목해 읽어 보라고 시키거나 문제를 냈다. 당황하는 랑을 보면서 '나는 어떻게 그 상태를 벗어나게 됐을까, 그만큼 이탈리아어가 늘긴 늘었나?' 싶은 생각이 들던 순간, 선생님이 랑에게 말했다.

"이탈리아어가 프랑스 사람들에게 더 쉬울 수 있어요. 중국어와 이탈리아어는 너무 달라서 시간이 더 걸릴 거예요."

그러자 랑이 단호한 표정으로 말했다.

"아니, 그건 아닌 것 같아요. 저는 성악을 오랫동안 해

왔기 때문에 이탈리아어가 이미 친숙하거든요."

그러자 잠시 침묵이 이어졌다. 프란체스카 선생님이 곰
곰이 생각하다가 다시 물었다.

"혹시 지난 학기에 초보반 수업은 들었나요?"

"수업을 듣긴 했는데, 여름방학 인텐시브로 2주 수업을
들었어요"라고 랑이 대답하자, 선생님은 그럴 줄 알았다는
듯이 말했다.

"인텐시브 수업을 들으면 그럴 수밖에 없어요. 같은 내
용이라도 너무 짧은 시간에 진도를 빼면 절대 오래 남지 않
습니다. 그게 언어예요. 언어는 시간을 들여야만 실력이 늘
어요. 내가 본 인텐시브 학생들이 대부분 같은 어려움을 겪
었답니다. 빨리 배우면 빨리 잊어버릴 수밖에 없어요."

순간 머릿속에 불이 하나 켜지는 기분이었다. 랑은 어떻
게 생각할지 모르지만 정확한 지적이었다. 지난 학기 도무
지 내 이탈리아어가 늘지 않던 이유와 이제 조금씩 편해진
이유가 그 안에 있었다. 시간이었다. 20대 내내 프랑스어를
체화하기 위해 노력해 온 나는 잘 알고 있다. 언어는 운전면
허 시험처럼 속성 마스터가 가능한 공부가 아니다. 하나의
언어를 공부한다는 것은 끝없이 펼쳐진 망망대해를 헤엄쳐
가는 일과 같다. 지속해서 이탈리아어를 감각하고 생각하

며 지낸 지난여름, 아무 일도 일어나지 않는 것 같았지만 느리고 지루하게 흐르던 그 시간 동안 조금씩 이탈리아어가 내 몸으로 흡수되었던 것이다.

외국어가 머리의 일만이 아닌 경험과 감각이 필요한 시간의 일이라는 사실은, 노력해도 당장 늘지 않는 것이 당연하다는 점에서 위로가 되지만, 한편으로 절망이기도 하다. 끝이 어디인지 모른 채 오랜 시간 지속해서 끊임없이 반복하는 일은, 말이 쉽지 얼마나 고통스러운가. 그러니 우리는 알면서도 자꾸 욕심을 내는 것이다. 그래도 조금 더 빨리, 더 효율적으로 목표에 다다를 방법이 있을 거라고 믿고 싶어서.

그러고 보면 외국어 공부란, 신화 속 형벌 같다. 바위가 다시 그 무게의 속도로 굴러떨어질 것을 알면서도 온 힘을 다해 바위를 산꼭대기에 밀어 올려야 하는 형벌 같은 것. 외국어를 배우는 일에 완성이 어디 있는가. 나는 프랑스어의 세계에서 20여 년을 살고 있지만 여전히 완성됐다고 말할 수 없고, 그런 날은 절대로 오지 않으리란 걸 안다. 외국어란 산 정상 위에 머무르지 않는 바위와 같이 완전한 단계가 없다. 그러니 외국어 공부의 진짜 고통은 그 끝없음의 허무와 싸우는 데 있다.

알베르 카뮈는 에세이 《시지프 신화Le Mythe de Sisyphe》에서 바위를 밀어 올리는 형벌을 인간 삶의 부조리에 빗대며, 우리 삶이 헛되고 의미 없는 것이라도 그것을 정면으로 응시하고 받아들이면서 그 과정을 즐겨야 한다고 말한다. 그리고 책의 마지막 문장으로 "산꼭대기를 향한 투쟁 자체가 우리의 마음을 충족시키기에 충분하다. 우리는 시지프가 행복하다고 상상해야 한다"고 썼다.

여기에 빗대어 본다면, 외국어 공부도 매 과정에서 희열을 느껴야만 의미가 생기는 일이라고 할 수 있겠다. 다다를 수 없을지라도 그 자체로 마음을 충족시켜야 하는 일. 언젠가 소멸할 것을 알면서도 일상의 무게를 지고 살아가는 우리 삶이 다 그렇듯이 말이다.

그날 수업을 마치고 모두가 가방을 챙겨 자리에서 일어날 때, 랑과 프란체스카 선생님의 시선이 마주치는 것을 보았다. 그리고 들리는 랑의 풀죽은 목소리. "너무너무 어려워요." 그 말을 들은 사람들이 모두 동작을 멈추고 "오!" 탄성을 뱉으며 그녀를 격려했다. 선생님도 랑에게 다가와 등을 토닥이며 포옹해 주었다. 나도 옆에서 "점점 괜찮아질 거예요" 같은 말을 하며 위로를 보탰다.

집에 돌아오는 길에 지난 학기의 내 모습이 계속 떠올

랐다. 뒤처지고 있음을, 어려워하고 있음을 보여 주기 싫어서 다른 수업을 찾아보고 공부하던 시간. 수업에 나가는 게 부담스럽고 긴장되던 그 시간이. 그때 나는 왜 랑처럼 어렵다고 말하지 않았을까? 오늘 내가 그랬듯이, 사람들이 그랬듯이 모두가 격려하며 도와주었을 텐데. 나는 당신들처럼 이탈리아어가 친숙하지 않다고 솔직히 말했다면, 이레네 선생님도 프란체스카 선생님처럼 나를 돕기 위해 조금 더 고민하고 진도를 늦추었을지 모르는데. 수업에 들어가는 내 마음도 한결 편했을 텐데.

나는 늘 이런 식이다. 혼자 낑낑대며 오기를 부리고, 혹시라도 내가 괜찮지 않다는 것을 들킬까 봐 아무 일 없는 척하며 자신을 못살게 군다. 도움을 청할 수도 있다는 옵션은 처음부터 만들지 않는다. 솔직하게 "나 지금 너무 힘들어요"라고 말할 수도 있음을, 내가 그렇듯이 사람들도 언제나 도움을 줄 준비가 되어 있다는 사실을 생각하지 못한다. 그러다가 랑과 같은 사람들을 보면 깜짝 놀라는 것이다. 아, 저렇게 살면 되는 거구나, 자연스럽게 부드럽고 사랑스럽게 손을 내밀면 되는구나. 늘 빈틈없이 신경을 곤두세우고 온몸으로 빳빳하게 긴장하며 살아갈 필요는 없구나.

토요일 아침 파리 5구

> 오늘의 이탈리아어
>
> **Sono viva.**
> 나는 살아 있다.

이탈리아어 수업은 문화원 사무실과 한참 떨어진 곳에서 진행됐다. 발레리가 일하는 행정 사무실이 센강을 건너자마자 나오는 노트르담 대성당 근처였다면, 수업이 진행되는 강의실들은 거기에서 걸어서 10분쯤 가야 나오는 소르본 대학 근처였다. 생미셸 대로에서 시작되는 본격적인 대학가, 에콜 거리를 따라 5분쯤 걷다가 팡테옹 쪽으로 향하는 작은 오르막길로 틀면 그 길을 사이에 두고 양옆의 건물에 몇 개의 강의실이 있었다. 공교롭게도 대학 시절 친구였던 현재의 남편과 처음 마주 앉아 맥주를 마시고 카술레를 먹었던 식당이 있는 길이었다. 그 시절, 그 길을 밤낮으로 지나다니며 창에 붙은 이탈리아어 수업 전단지를 보고 이탈리아어를 배우는 사람들이 있다는 사실에 놀랐던 기억이 난다. 나도 이탈리아어를 배우고 싶다고 생각했던 것 같기도 하고, 프랑스어가 너무 큰 숙제였던 시절이라 이탈리아어는 남의 얘기라고 생각했던 것 같기도 하다.

파리 5구, 대학가가 있는 센강의 좌안은 내 일상에서 멀어진 지 오래였다. 평소 집과 회사가 생활반경의 거의 전부인 나로서는 회사도, 집도 센강의 오른쪽에 있어 강을 건너올 일이 거의 없다. 파리가 서울처럼 큰 것도 아니고, 강을 건너는 데 걸어서 5분도 걸리지 않는데 그 강 하나가 주는 심리적 거리감이 우습다.

가끔, 이를테면 코로나19 팬데믹 때 간신히 예약한 백신접종 장소가 팡테옹 앞의 파리 5구 구청이었을 때나 팡테옹 뒤쪽에 있는 한국식 디저트 카페에서 내 책《다른 삶》북토크가 있었을 때처럼, 특별한 계기로 이 동네에 오게 되면 너무 많은 기억이 한꺼번에 떠올랐다. 매번 일이 다 끝나도 감상에 젖어 발길 닿는 대로 쏘다니면서 어떻게든 더 머무르려 했다. 그러나 이탈리아어 첫 학기 3개월 동안에는 매주 토요일 아침마다 이곳에 오는 발걸음이 무거웠다. 수업이 끝나면 마치 무언가로부터 도망가듯이 서둘러 집으로 돌아가기 바빴다. 추억이 있는 식당 앞을 지나면서 커피라도 한잔 마셨을 법한데, 그동안 들러 본 일이 없다. 그럴 수 있는 마음의 여유는 시간이 흐르고 이탈리아어가 조금씩 몸에 익기 시작하면서 찾아왔다.

첫 학기에는 내가 비라틴어권 초급자여서 이탈리아어가 유난히 어렵고 부담감이 큰 줄 알았다. 특히 이탈리아어와 계열이 같은 모국어를 쓰는 프랑스인들과 함께 배우면서 스트레스가 심한 거라고 여겼다. 그러나 시간이 흐를수록, 가장 어려웠던 그 시기를 멀리서 바라보게 될수록 다른 결론에 이르렀다. 당시의 나는 13년 차 직장인이었고, 중간 이직 기간 5개월을 제외하고는 13년 동안 쉼 없이 직장인의 신분으로 살아온 참이었다. 그 말은, 주어진 일은 어떻게든 주어진 시간에 완성시키고, 동료들에게 민폐가 되지 않게 문제는 최대한 내 선에서 해결하려는 자세로 막 13년을 살아온 참이라는 의미다. 실수를 할 수는 있으나 당연한 일은 아니고, 반복되지 말아야 하며, 그 결과 또한 책임져야 하는 사람으로 지난 13년과 월요일부터 금요일까지 살다가, 그 자세 그대로 초급 이탈리아어를 배우니 수월할 리가 없는 것이다. 나는 모르는 것이 당연한 초급 수업에서, 게다가 실수를 많이 해야 느는 외국어 수업에서 가장 지양해야 할 자세를 하고 그 자리에 앉아 있었다. 어쩌면 무의식적으로, 이탈리아어 선생님을 그 앞에서 늘 올바른 답을 내놓아야 하는 직장 상사로, 같은 반 사람들은 직장 동료로 여겼을 것이다. 나의 실수 혹은 무능이 피해를 줄까 걱정하면서.

그야말로 아무것도 모르겠는 그 왕초보인 상태로 직장생활을 한다고 상상해 보면 첫 학기의 스트레스를 이해할 수 있다. 그리하여 첫 학기 3개월 동안 토요일 아침에는 주중과 마찬가지로 목 근육이 뻣뻣하게 경직됐고 신경까지 팽팽히 곤두서 있었다. 내가 그랬다는 것을, 문제는 태도였다는 것을 한참 후에야 자각했다.

여름이 지나고 두 번째 학기가 시작된 가을 토요일 아침이었다. 지하철 4호선을 타고 오데옹역에서 내려 에콜 거리를 향해 걷는 중이었다. 평소에도 제일 먼저 교실에 들어가 수업 준비를 하는 스타일이긴 하지만, 그날은 어쩌다 보니 30분이나 빨리 도착한 터라 교실 문이 닫혀 있을 것 같았다. 커피를 마실까 하다가 그냥 천천히 걷기로 했다. 토요일 아침 젊음의 동네는 한적하고 평화로웠다. 부지런한 관광객 몇 명이 스타벅스 종이컵을 들고 지나갔는데, 그 때문인지 여행지에서 맞는 아침처럼 이유 없이 설렜다. 거리 풍경이 하나하나 눈에 들어왔다. 고풍스러운 파리 5대학 의과대학을 지나 좁은 길로 들어서자 고전영화를 상영하는 작은 독립영화관이 보였고, 조금 더 올라가니 지베르 조셉 서점이었다. 지베르 조셉은 지하 1층부터 지상 4층에 이르는 거대한 서점으로, 현재 파리 시내에서 가장 큰 규모의 서점일 뿐 아니라 헌책을 비롯해 각종 전문서적이 많은 곳이다. 그동안 늘 지나치기만 했는데 그날은 발길이 저절로 멈췄다. 서가 앞에 한참을 서서 사회과학, 인문학, 문학 신간들을 구경했다. 그리고 갑자기 실감이 났다. 내가 그곳에 있다는 사실이. 파리 5구에, 나의 젊음이 묻어 있는 그 길 위에.

뤽상부르 공원에 묻어 둔 내 스무 살의 비밀들, 보풀이 다 일어난 스웨터를 입고 화장기 없이 온종일 쏘다니던 골목들, 담배 연기를 뿜으며 문학과 영화를 이야기하던 친구들, 에스프레소 한 잔을 놓고 몇 시간이고 앉아 이야기를 나누던 카페들, 파졸리니와 펠리니의 영화를 상영하던 작은 극장들, 영화 〈원스 어폰 어 타임 인 아메리카〉의 네 시간짜리 무삭제 감독판을 보고 나와 하염없이 걷던 밤길들, 지금은 남편이 된 같은 과 친구와 마주 앉아 시나리오를 쓰던 오후들, 그리고 빗나가던 마음들, 그 마음들을 위로하던 술집들, 그 사람들, 그 눈빛들. 모든 게 한꺼번에 생각이 났다. 눈길이 가닿는 길 위의 구석구석 작은 기억이라도 스며 있지 않은 곳이 없었다. 눈물이 핑 돌았다. 그 고요한 대로 위 햇살 속에서 '내가 살아 있구나' 하는 생각이 들었다.

그 시간을 거슬러 내가 다시 이곳에 서 있다는 사실, 그 시절의 내가 상상도 하지 못했던 모습이 됐다는 사실에 삶의 경이가 느껴졌다. 오지 않을 것 같았던, 너무 까마득해서 짐작조차 되지 않았던 그 미래가 지금의 나였다. 그럼에도 불구하고 시간은 흘렀고, 나는 어떻게든 살아온 것이다. 그러니 나는 앞으로도 어떻게든 살아갈 것이다.

지난 한 주 동안 차곡차곡 쌓여 어깨를 무겁게 누르고 있던 모든 한숨과 긴장과 속상한 마음들이 먼지처럼 하찮게 여겨졌다. 양쪽 어깨 위를 툭툭 쓸어내리고 나면 다 괜찮아질 것처럼 마음이 편해졌다. 주말에 글을 쓰는 직장인으로 살아온 이래로 금요일 저녁마다 있는 그대로의 나를 회복하기 위해 그토록 애썼으나 쉽지 않았었다. 한 주 동안의 가치 없는 실랑이들과 기억들, 감정의 파편들을 말끔히 씻어 내기가 어려웠다. 그런데 그 어려웠던 일이 한순간에 이루어진 기분이었다.

한 발 한 발 가벼워진 발걸음으로 걷다 보니 명랑한 사람들의 "본조르노", "그라치에", "프레고", "코메 스타이" 같은 이국의 언어가 들려왔다. 아, 토요일의 언어다. 지난 한 주 동안 어디에서도 들리지 않았고, 어디에서도 말하지 않았던 내밀한 나의 세계로 들어서는 길. 이탈리아어는 천천히 나를 해방시키고 온전히 나의 것으로 확장되고 있었다.

레 리탈

이탈리아어에 재미가 붙기 시작하니 이탈리아 사람들을 만나고 싶어졌는데, 그와 동시에 놀라운 점을 깨달았다. 내 생활반경에 이탈리아인이 단 한 명도 없었다. 심지어 주변인들에게도 이탈리아 친구 한 명이 없었다. "혹시 이탈리아인 친구 있어?"라고 물으면, 다들 잠깐 생각하다가 "아니, 없는데" 하며 하나같이 이렇게 말했다. "아는 이탈리아 식당은 있지. 거기에는 이탈리아에서 온 사람들만 있는데, 한번 가볼래?" 이어 내가 "파리에서 제일 많이 들리는 외국어가 이탈리아어고 우리는 모두 이탈리아 문화를 좋아하는데, 왜 이탈리아인 친구는 없는 걸까?" 하고 의아해하면 다들 "그러고 보니 그렇네" 했다.

이탈리아인을 만나고 싶다는 갈증은 이탈리아를 다룬 콘텐츠들로 해소해야 했다. 저녁에 영화나 드라마를 한 편 보더라도 이탈리아를 배경으로 한 작품들을 찾게 됐다. 신문도 평소에는 프랑스와 한국의 주요 일간지 몇 개만 봤는데 〈코리에레 델레 세라Corriere della Sera〉, 〈라 레푸블리카La Repubblica〉 같은 이탈리아 언론 링크를 마크해 두고 시간 날 때마다 훑어보았다. 신문을 읽을 실력은 전혀 아니었지만, 이해할 수 있는 문장이나 단어들이 늘어 갈수록 그것만으로도 기뻤다.

특히 프랑스어로 된 이탈리아 관련 콘텐츠를 많이 봤는데, 그 과정에서 새롭게 발견한 사실이 있었다. 이탈리아인들의 프랑스 이민 이야기가 압도적으로 많다는 사실이었다. 프랑스에서 '이민자'라고 하면 제일 먼저 정치적으로 예민한 북아프리카 이민자들이나 나를 비롯한 아시아 이민자들을 떠올렸지, 프랑스와 문화적 근원이 비슷한 인접국 이탈리아 사람들에게도 이민자로서 설움 가득한 역사가 있다는 것은 전혀 몰랐다.

〈레 리탈〉이라는 연극도 이탈리아 이민자를 다룬 작품 중 하나였다. 여름 바캉스 기간이 끝나고 가을이 시작되려는 때, 이탈리아 문화원은 곧 새 학기가 시작된다는 소식을 담은 뉴스레터에 〈레 리탈〉이라는 제목의 연극을 소개했다. 프랑수아 카반나François Cavanna의 소설이 원작인 작품으로, 1930~1940년 일자리를 찾아 프랑스에 온 이탈리아인들의 이야기였다. 이탈리아 출신 벽돌공 아버지와 파출부 일을 하는 프랑스인 어머니 사이에서 태어난 작가의 어린 시절 자전적인 이야기라고 했다. 프랑수아 카반나는 1923년생으로 작가, 출판인, 기자로도 유명하지만, 무엇보다 2015년 알카에다에 테러를 당한 프랑스 시사 풍자 잡지 〈샤를리 엡도Charlie Hebdo〉의 공동 창립자로 알려져 있다(카반나는 테러가 벌어지기 전 2014년에 사망했다).

이방인, 이민자는 개인적으로 늘 관심을 두고 있는 주제인 데다가 오랜만에 연극을 볼 기회여서 서둘러 두 자리를 예약했다. 그곳에 가면 그토록 찾기 어려웠던 이탈리아인들이 바글바글 모여 있을 테고, 이탈리아어와 함께하는 일요일 저녁이 되지 않을까 내심 기대하면서.

프랑스어로 진행되는 작품에 이탈리아인이 올 리 없다는 생각은 왜 못 했을까? 50명쯤의 인원이 간신히 들어갈 만한 소극장의 작은 무대 앞에는 평균 연령 60대 정도로 짐작되는 프랑스인들이 다닥다닥 비좁게 앉아 있었다. 우리 부부를 빼고는 모두가 50대 이상인 것 같았다. 파리에서 작은 규모의 전시나 연주회, 혹은 독립영화를 상영하는 소극장을 다니다 보면 가끔 의문이 든다. 프랑스의 68혁명 전후 세대, 그러니까 현재의 퇴직연금 세대가 사라지면, 누가 독립영화를 보러 극장에 오나 하는. 30대 때에도 그런 장소에서 나는 늘 가장 젊은 축에 속했는데, 여전히 그렇다는 사실을 확인할 때마다 시대에 뒤처지는 듯한 기분이 들고, 어떤 문화현상의 마지막 목격자가 된 듯 씁쓸하기도 하다.

〈레 리탈Les Ritals〉, 그러니까 '리탈들'이라는 제목에서 리탈은 2차대전 직후 일자리를 찾아 프랑스에 온 이탈리아 노동자들을 비하하며 불렀던 차별적 명칭으로, 현재는 많이 사용되지 않는 단어다. 카반나는 작품에서 Rital은 "R.ital"로, 이탈리아 망명자라는 뜻의 프랑스어 "Refugie Italien"을 줄여 부르면서 생긴 단어라고 설명했다. (이 단어의 기원에 대해서는 다른 설도 존재하는 듯하다. 이탈리아 출신으로 프랑스에서 요리사로 활동하는 토마조 메릴리Tommaso Melilli는 프랑스에서 출간한 그의 에세이 《파스타의 거품 L'écume des Pâtes》에서 다음과 같이 썼다. "오래전 프랑스인은 주변 국가 출신 주민들을 식별하기 위한 용어를 만들어 냈다. 외국인 혐오적 모욕들이 흔히 그렇듯이, 그 말들은 타국의 전형적인 음식들, 언어적 특성, 피부색 등에서 처음으로 느껴지는 차별점에 기대고 있다. 그리하여 영국인을 '로즈비프rosbif'라고 불렀고, 포르투갈인은 '토스tos'로 불렀다. 벨기에인은 그냥 '벨기에인'으로 불렀는데, 프랑스인의 관점에서 그 자체만으로 모욕적이기 때문이었다. 또한 코르시카 사람들은 '이탈리안'으로 불렀고, 진짜 이탈리아인들은 프랑스어의 r 발음을 정확히 하는 데 큰 어려움이 있었으므로, r을 강조해 '리탈'이라고 불렀다.")

우리가 본 〈레 리탈〉은 프랑스 영화를 많이 본 사람이라면 얼굴을 알 만한 배우 브뤼노 푸출루Bruno Putzulu의 1인극으로, 배우의 연기도 좋았고 텍스트도 좋았다. 그래도 가장 기억에 남는 것은 맨 앞자리에 앉아 있던 관객들이었다. 즉 90세도 넘은 것 같은 거동이 불편한 할머니와 아마도 그 아들일, 60대쯤으로 보이는 남자였다. 워낙 작은 소극장이다 보니 맨 뒤에 앉은 사람의 숨소리까지 다 들리는 상황이었는데, 공연 시작부터 둘의 소곤거림이 심상치 않았다. 극장에서 팝콘 먹는 사람조차 드문 도시인 만큼 여기저기서 "쉿" 하며 주의를 주는 소리가 종종 들렸지만 그들의 소곤거림은 계속됐다. 나는 점점 극에 몰입하지 못하고 그들을 유심히 지켜보다가 어느 순간 알게 됐다. 아들이 어머니의 귀에 대고 이탈리아어로 통역해 주는 상황이라는 것을. 그리고 불현듯 그 어머니는 1세대 이탈리아 이민자일 거라는 깨달음이 왔다. 그녀 또한 연극 속 아버지처럼 리탈로서 차별을 견디며 자식을 키워 온 사람이며, 프랑스어를 모르는 채로 이제는 잘 듣지도 못하는 나이가 됐을 것이다. 그러자 아들의 마음이 짐작됐다. 아들은 보여 주고 싶었을 것이다. 여기, 당신의 삶을 담은 연극이 있다고. 그 세월의 노고와 아픔을 헤아리고 감사하는 마음으로 추억하는 이민자의 자식들이 이렇게 많이 있다고 알려 주고 싶었을 것이다. 공연 내내 그들의 말소리로 집중이 어려웠지만, 아들이 멈추기를 바랄 수는 없었다.

"나는 리탈들에 대해 이야기하기 위해 이 이야기를 시작했지만, 결국 나의 아버지 이야기를 한 것 같습니다." 마지막 대사로 연극이 끝나고 사람들이 박수를 치기 시작했을 때, 나는 눈물을 닦아 내는 할머니를 보았다.

이 연극을 계기로 이탈리아 이민자들의 이야기를 담은 다큐멘터리와 자료들을 더 찾아보았다. 이탈리아 사람들의 해외 이민 역사는 꽤 오래전에 시작됐다. 우선 1922년 이탈리아 국내에 무솔리니 파시즘 정권이 탄생하면서 정치적 이유로 대거 해외 이주가 있었고, 2차대전 이후에는 시칠리아 등 남부를 중심으로 경제적 이유의 이민이 이어졌다. 이 탈리아 사람들은 육로를 이용해 이웃 국가인 프랑스, 스위스, 벨기에, 룩셈부르크 등의 나라들로 떠나거나 배를 타고 미국으로 갔다. 이탈리아 이민 1세들은 대부분의 1세대 이민자들이 그렇듯이 '일자리 도둑'이라는 사회적 미움과 멸시를 견디며 그 나라에 적응해 나갔다. 프랑스든, 벨기에나 스위스든 사정은 대체적으로 비슷했던 것으로 보인다. 여자들은 청소일과 세탁, 남자들은 육체노동과 같은 언어가 크게 필요하지 않은 일들을 했다. 그들은 집값이 싼 동네에 모여 살면서 서로를 돕고 정보를 주고받는 커뮤니티를 형성해 나갔는데, 뉴욕의 '리틀 이태리' 같은 동네도, 파리의 오래된 이탈리안 식당가도 그렇게 탄생한 것이다. 나는 1세대 이탈리아 이민자들의 인터뷰를 보면서 한 가지 특이한 점을 발견했다. 많은 수가 이런 식의 말을 했다. "나는 내가 이탈리아인임을 크게 의식하지 않고 살았어요." 그들의 자식들은 대부분 이탈리아어를 하지 못했고, 완벽하게 프랑스 사회에 뿌리내렸다.

　이탈리아는 현재 프랑스에서 가장 많은 수를 차지하는 이민자들의 출신 국가고, 또한 이탈리아인들은 프랑스 사회에 가장 잘 적응한 이민자들로 꼽힌다. 우리 세대가 이민

3세쯤 되는 셈인데, 여기에서 나는 왜 우리에게 이탈리안 친구가 없는지 깨달았다. 프랑스 친구 중 조부모가 이탈리아 출신인 친구들이 아주 많이 떠올랐기 때문이다. 그들은 이름만 이탈리아식일 뿐, 프랑스에서 나고 자라 어느 부분에서도 이탈리아인이라는 느낌이 없었다. 얼마나 프랑스인 같은지, 나는 그 친구들에게서 여러 차례 "이탈리아인 뿌리"에 대한 이야기를 들으며 지내 왔음에도, 정작 이탈리아인들을 찾아 나서면서는 생각이 미치치 못했다.

토니노 베나퀴스타Tonino Benacquista는 영화학교 시절부터 내가 좋아했던 프랑스의 소설가이자 시나리오 작가다. 그가 자크 오디아르Jacques Audiard 감독과 작업한 〈내 심장이 건너뛴 박동De Battre Mon Coeur S'est Arrêté〉과 〈내 마음을 읽어봐Sur Mes Lèvres〉는 지금도 가장 좋아하는 프랑스 영화로 어김없이 꼽는 작품들이다.

베나퀴스타의 소설과 영화를 잘 아는 사람이라면 그가 마틴 스코세이지 감독에게 크게 영향받았음을 알 수 있는데, 그 또한 스코세이지 감독처럼 이탈리아 남부 출신 이민자의 자손이라는 걸 얼마 전 알게 됐다. 그의 자전소설《포르카 미제리아Porca Miseria》를 통해서였다. '빌어먹을 시궁

창' 정도로 해석될 수 있는 '포르카 미제리아'라는 말은, 프랑스어를 한마디도 못 하는 채로 파리 외곽에 이민을 와서 다섯 남매를 키운 그의 아버지가 자주 내뱉던 욕설이라고 한다. 그는 이 책에서 부모의 불우했던 삶과 어두운 가정환경, 그 사이에서 자란 다섯 남매 각각의 삶, 문맹인 부모 아래에서 막내로 태어나 작가의 꿈을 키워 나갔던 과정을 이야기했다. 나는 이 책을 읽고서야 내가 베나퀴스타의 작품들에 깊이 끌리는 이유가 그의 이민자 정서 때문이라는 사실을 깨달았다.

베나퀴스타는 이 책의 마지막을 자신의 부모인 세자르와 엘레나의 '다른 삶'을 상상하는 것으로 채운다. 그는 일흔이 된 어머니가 그의 누이와 함께 생애 처음으로 프랑스발 이탈리아행 비행기를 타고 가다가 난기류를 만나는 장면을 상상한다. 모두가 동요하는 가운데 그의 어머니는 딸의 손을 잡고 "걱정하지 마라, 내가 옆에 있어" 하며 안심시키고 문득 생각한다. '스튜어디스가 내 천직인데'라고. 베나퀴스타는 '프랑스와 이탈리아 두 나라 사이, 그 어디도 아닌 저 하늘 위에서 공기처럼 자유롭고 가볍고 경쾌한 어머니'를 그려 내며 책을 맺는다. 어머니를 '그 어떤 위협도 없는 안전한 곳'에 모셔 두고서.

피렌체에서 온 남자

오늘의 이탈리아어

correntemente
유창한

긴장이 사라지고 익숙함이 내려앉은 학기 중반 초겨울의 토요일 아침이었다. 수업이 시작되고 몇 분이 지났는데 누군가 벌컥 문을 열고는 큰 소리로 "본조르노" 하며 들어왔다. 고개를 들지 않아도 새로운 사람이 등장했음을 알 수 있었다. 프란체스카 선생님이 지각을 싫어한다는 걸 아는 우리 반 학생 중에 그 시간에 큰 소리로 인사까지 하며 들어올 사람은 없으니까.

문 앞에 50대 후반 정도의 키가 훌쩍 큰 깡마른 남자가 청바지에 카우보이 모자를 쓰고 활짝 웃고 있었다. 모두의 시선이 그에게 모아졌다. 그는 아랑곳하지 않고 다시 한번 큰 소리로 "피아체레! 소노 험프리" 하며 자기소개를 하고는 프란체스카 선생님을 향해 자신이 이 반에 새로 들어온 학생이라고 말했다. 선생님이 프랑스어로 "나는 전달받은 바가 없는데요, 이 반은 이미 몇 주 전에 시작해서 진도가 꽤 나간 상태예요"라고 말하자, 남자는 놀랍게도 그만하라는 듯 선생님에게 손바닥을 내보이며 말했다. "선생님, 이탈리아어로 말씀해 주세요. 이탈리아어로."

그를 보는 우리의 표정이 다 프란체스카 선생님 같았을 것이다. 선생님은 애써 당황스러움을 감추며 이탈리아어로 말하기 시작했다. 대강 이 반으로 오는 게 확실하냐, 명부에 없는데 다른 반은 아니냐 같은 질문이었고, 그는 "이 반이 확실합니다. 저는 지금 막 피렌체에서 왔거든요. 피렌체에서 수업을 듣고 오느라 몇 주 늦었습니다"라고, 이탈리아어로 막힘없이 말했다. '저렇게 유창하게 말하는 사람이 게다가 피렌체에서 공부했다면서, 왜 이 기초반에 들어온 걸까?' 생각하는 사이, 선생님이 내 건너편의 빈자리를 가리키며 뼈 있는 말을 했다. "우선 오늘 수업을 하면서 지켜보죠. 피렌체에서 무엇을 공부하고 오셨는지." 그가 내 옆에 있던 장의 옆자리에 가 앉으며 지지 않고 말했다. "많은 것을 공부했지요"라고. 느슨하고 평화로웠던 교실에 긴장감이 돌았다.

피렌체에서 많은 것을 배우고 왔다는 험프리는 초급자
로서는 갖기 힘든 자신감이 넘쳐흘렀다. 선생님의 설명 중
간중간 꼬리에 꼬리를 무는 질문을 하거나, 자신이 아는 단
어들을 마구 던져 보는 것은 기본이고, 선생님이 시키지 않
아도 알아서 척척 대답했다. 교재의 지문들을 읽거나 연습
문제를 풀 때 "누가 한번 말해 볼래요?"라고 선생님이 물으
면 보통 몇 초 정도 정적이 흐르기 마련이었는데, 이젠 내가
읽어 볼까 고민할 겨를도 없었다. 벌써 험프리가 큰 소리로
읽고 있었으니까. 거의 선생님과 험프리의 일대일 수업 같
았다. 적절한 수줍음이 배려라는 암묵적인 동의가 형성됐
던 우리 반에 전에 없던 캐릭터가 등장한 것이다.

그래도 거기까지는 괜찮았다. 사람들이 불편해하고 있
음을 느낀 것은 조별 대화 연습을 하면서였다. 두 명씩 연습
하는 대화에서 마지막 홀수가 된 험프리는 나와 장과 같은
조가 됐다. 나와 장이 대화문을 만들면서 "여기에 이런 말
어때요?" 혹은 "이건 이탈리아어로 어떻게 말하죠?" 같은
말을 자연스럽게 프랑스어로 하게 될 때마다, 험프리는 큰
소리로 "이탈리아어로 말합시다!" 하며 주의를 주었고, 대
부분의 대화를 본인이 주도해 갔다. 얼마나 목소리가 큰지

매번 다른 학생들까지 고개를 들고 우리를 보았다. 옆자리 장이 끙 하는 소리를 내며 참는 게 느껴졌다(그는 그다음 주부터 다른 자리에 앉았다).

그렇다고 험프리가 늘 정답을 말했는가 하면, 문제는 또 그게 아니었다는 데 있다. 험프리의 실력은 얼마 지나지 않아 드러났다. 우리 대부분이 이미 초보반에서 배웠고 몇 주 전에도 다시 짚고 넘어간 복합과거형 동사변형 앞에서 그는 크게 당황하며 문장을 완성하지 못했다. 아마도 나를 비롯해 듣고 있던 우리가 더 놀랐을 것이다. 저렇게 유창하고 자연스럽게 이탈리아어를 술술 구사하는 사람이 복합과거형 문법을 모르고 있다니. 믿기 힘들어 몇 번을 바라봤다. 프란체스카 선생님이 침묵을 깨고 말했다.

"도대체 피렌체에서 뭘 배우고 온 거예요?"

이제야 민망해진 험프리가 대답했다.

"아하하 그러게요. 저도 그게 미스터리네요."

이어 선생님이 기다렸다는 듯 소리 높여 말했다.

"이탈리아어가 뭐라고 생각하세요? 모르는 사람들과 본조르노! 차오! 그라치에! 같은 인사를 편하게 주고받는다고 해서 이탈리아어를 잘하는 게 아니에요. 그런 건 이탈리아에서 며칠만 보내면 누구나 할 수 있죠. 시간이 걸리더라도 문법을 공부하고 단어를 공부해야 진짜 이탈리아어를 할 수 있게 되는 겁니다. 차분하게 기본을 먼저 익히는 게 중요하죠. 그 기본이 안 갖춰져 있는 상태에서는 아무리 이탈리아에 가 봐도 소용없어요."

이쯤 되니 상황이 대강 짐작됐다. 피렌체에서 이탈리아 어학원에 다니고 이탈리아 사람들과 대화하면서 이탈리아어를 잘하게 된 듯한 기분이 들었을 험프리는, 프랑스에 와서 이탈리아어를 잊어버릴까 봐 흥분상태였을 것이다. 돈 들여 어학연수를 다녀온 후여서 더욱 전전긍긍했을 것이다. 프란체스카 선생님은 기초문법의 뼈대 없음을 자각하지 못하고 어휘량과 기본 회화만으로 자아도취에 빠진 그 모습에 일침을 가한 것인데, 선생님의 직설화법에 당황해 고개를 숙인 사람은 나뿐이었을까?

이탈리아어를 배우며 나는 이탈리아 사람들의 솔직하고 화통한 성격이 비단 일상적인 감정표현에만 국한된 게 아니라는 생각을 했다. 그들은 화법 또한 프랑스 사람들과 아주 다르다. 내가 아는 프랑스인의 성격이라면, 피렌체에서 도대체 뭘 배우고 온 거냐는 말은 농담이 아니라면 부모와 자식 간에도(자식이 50세 넘은 성인이라면) 하지 않을 것이다. 프랑스인 선생님이었다면 "피렌체에서는 문법 수업이 없었나요?"라고 돌려 물었을 것이다. 물론 이게 대체적인 이탈리아인의 화법인지, 프란체스카 선생님만의 성격인지는 확실치 않지만.

나였다면 프란체스카 선생님의 말이 상처가 됐을 것 같은데, 액센트로 보아 영미권 출신으로 짐작되는(나중에 누군가 그에게 출신지를 물었지만, 그는 비밀이라며 말해 주지 않았다) 험프리는 크게 개의치 않는 것 같았다. 그날 이후 그는 점점 차분해졌고 우리 반도 이전의 평화를 되찾았다. 험프리의 변화는 프란체스카 선생님의 일침 때문이라기보다는, 피렌체 여행의 거품이 조금씩 사라지면서 그도 일상을 되찾았기 때문인 듯 보였다.

어느 수업의 중간 쉬는 시간, 모두가 카페인을 찾아 우르르 밖으로 나간 후였다. 옆을 보니 험프리가 의자에 등을 기대고 천장 쪽을 향해 가만히 눈을 감고 있었다. 내가 물었다. "피렌체에는 얼마나 있다 왔어요?" 그가 눈을 번쩍 뜨더니 천천히 고개를 돌려 나를 보았다. "어학연수 프로그램으로 2주 있었어요." 다시 물었다. "어땠어요? 좋았어요?" 그의 눈이 반짝였다.

"너무 좋았어요. 학교 수업은 2주였는데, 학생이 나 혼자뿐이어서 거의 개인교습처럼 수업했어요. 운이 좋았죠.

피렌체에 가 봤나요? 아주 우아한 도시예요."

"피렌체는 여러 번 가 봤어요. 정말 좋아하는 도시예요. 저도 어학연수 프로그램에 관심이 있어서요."

"오! 너무 좋은 생각이에요!"

그가 몸을 일으켜 내 쪽으로 기울이더니 말했다.

"너무나 추천해요. 특히 어학원에서 연결해 주는 홈스테이 프로그램을 꼭 해 보세요. 이탈리아 가정에 들어가서 매일 함께 저녁을 먹으면서 이야기를 나눌 수 있어요."

내가 "홈스테이요? 음…… 모르는 사람들 집에 들어가는 거잖아요. 괜찮나요?" 하자, 맞은편에서 스마트폰을 보고 있던 폴이 픽 웃었다. 순간, 뭔가 촌스러운 사람이 된 것 같아 항변하듯 "20대 때는 나도 그렇게 여행 많이 했는데, 이제는"까지 말하고 왠지 초라해진 기분이 드는 참에 험프리가 말했다.

"걱정 마세요, 중간에 어학원에서 소개해 주는 사람들이고, 저는 정말 좋은 사람들을 만났어요."

내가 잠시 생각하다가 "간다면 어느 도시로 갈지 고민이에요, 피렌체가 좋을까요?" 물었는데, 험프리가 대답할 틈도 없이 언제 들어왔는지 프란체스카 선생님의 목소리가 들렸다.

"이탈리아에서는 피렌체 사람들이 별로 인기가 없어요. 피렌체 사람들은 오만하고 차갑다는 이미지가 있죠. 베네치아도 그렇고요." 내가 "아, 그런가요? 그럼 어느 도시가 좋을까요?" 하자 선생님이 활짝 웃으며 외쳤다. "당연히 로마죠!" 어느새 다시 자리로 돌아온 학생들이 모두 크게 웃었다. 그녀가 로마 출신임을 모르는 사람은 없었으니까. 말로만 듣던 남부와 북부 이탈리아 사이의 지역감정이 이런 것인가.

그날 수업이 끝나고 자리에서 일어서는데 험프리가 나를 붙잡고 말했다. "피렌체든 어디든, 꼭 가서 살아 보세요. 인생에서 꼭 해 볼 만한 좋은 경험이더라고요." 그의 눈빛이 너무나 진지한 나머지, 나도 모르게 고개를 끄덕이며 대답했다. "네, 꼭 가 볼게요"라고.

그날 험프리의 조언으로부터 시작된 것은 아니었다. 나의 어학연수 계획은 그 이전부터 시작됐지만, 그를 보니 확신이 생겼다. 무엇보다 "인생에서 꼭 해 볼 만한 경험"이라는 말이 머릿속에 맴돌았다. 나도 이제 더 시간이 흐르면 하기 힘든 경험을 조급하게 서두르는 나이가 된 것이다, 어느새.

밤새 쉼 없이 내린 첫눈처럼

오늘의 이탈리아어

ricevere i complimenti
칭찬받다

그리고 마침내 그 순간이 왔다. 외국어를 배우는 과정에서 아주 드물지만 꼭 만나게 되는 그 순간이, 나의 이탈리아어 역사에도 왔다.

그날도 여느 토요일 아침처럼 이른 아침에 일어나 간밤에 정리해 둔 이탈리아어 숙제를 점검하고, 그날 배울 내용을 인터넷에서 찾아 예습하고, 서둘러 샤워를 하고 집을 나섰다. 잠이 덜 깬 사람들이 앉아 있는 주말 아침의 몽롱한 지하철을 타고 오데옹역에 내려 한가한 소르본 대학 앞길을 가로질러 강의실에 도착했다. 이탈리아어 수업이 여느 때와 다름없이 무심하게 시작됐다.

그날 수업에서는 이탈리아 직장인이 최근 이사한 새로운 도시와 이웃들에 대해 이야기하며 자기 집에 친구들을 초대하는 메일이 교재에 등장했다. 도시와 동네를 설명하는 다양한 형용사들과 도시의 시설을 지칭하는 단어들을 배웠다. 다리, 병원, 학교, 극장, 기차역 같은 단어들을 '필수 서비스'와 '도시 인프라', '문화/소셜 서비스' 중 하나의 카테고리에 분류하는 연습문제를 풀 때, 내가 성당을 '문화 서비스'로 분류하자 한 차례 토론이 벌어졌다. 성당은 특히 이탈리아에서라면 '필수 서비스'로 봐야 한다고 강력히 주장하는 사람들이 있었고, 나의 분류에 동조하는 사람들이 있었다. 내게는 당연한 일이 누군가에게는 당연하지 않은 일이 되는, 다양한 문화권의 사람들이 모였을 때 벌어질 수 있는 그 상황이 나는 그저 흥미로웠다.

그러고는 사물의 위치를 표현하는 전치사를 배웠다. 동사 venire(오다)가 등장해 선생님이 내게 교재에 있는 동사 변형을 읽어 보라고 시켰다. 나는 유독 잘 안 외워져 수시로 반복했던 venire 동사의 변형을 무심하게 읽었다. vengo, vieni, viene, veniamo, venite, vengono. 다 읽었는데 이상한 침묵이 흘렀다. 고개를 드니 프란체스카 선생님이 나를 가만히 바라보고 있었다. 나는 아마도 이탈리아어를 배우는 동안 이후 벌어진 일을 자주 떠올려 기억해 낼 것이다.

갑작스러운 침묵이 의아해 다른 학생들도 하나둘씩 고개를 들었다. 내가 뭘 잘못했나, 당황해 열심히 머리를 굴리던 그 몇 초가 몇 분 같았다. 프란체스카 선생님이 평소와는 다른 진지한 표정으로 나직하게 말했다.

"자, 다들 들었나요? 아주 정확한 발음과 완벽한 액센트였어요. 마치 이탈리아 사람이 말하는 것처럼."

뭔가 내가 잘못 들었다고 생각했다. 나의 읽기가 완벽했다니, 말이 되는가! 선생님이 나에 대해 중요한 이야기를 하는 건 틀림이 없는데, 제대로 이해하지 못한 것 같아 머릿속이 쑥대밭이 됐다. 도대체 무슨 말이지? 미간을 한껏 찌푸리고 선생님을 뚫어지게 바라봤다. 내 표정을 본 프란체스카 선생님이 프랑스어를 섞어 이야기를 이어 갔다.

"나는 이게 가능한 이유가, 미성이 라틴어 계열의 언어를 모국어로 하고 있지 않아서라고 생각합니다. 여러분들은 구별하기 힘들겠지만 이탈리아어와 같은 계열의 모국어를 갖고 있는 여러분 모두 각자의 액센트가 있어요. 스페인어와 이탈리아어는 특히 비슷해서, 스페인 학생들은 훨씬 자연스럽게 이탈리아어를 배우지만, 그렇기 때문에 더더욱 스페인어식으로 이탈리아어를 읽게 되죠. 아무리 이탈리아어를 잘해도 이탈리아 사람이라면 바로 알아챌 수 있어요."
그러자 스페인 출신의 학생들이 당황스러워하며 "정말이
요?" 물었다. 선생님은 "네, 다행히 스페인 액센트는 아주 사
랑스러우니 걱정하지 마세요" 하고는 다시 말을 이었다.

　"하지만 이탈리아어와 아주 다른 언어를 모국어로 하는
사람은 완전한 외국어로서 이탈리아어를 접할 수 있고, 그
래서 정확한 발음을 제대로 배울 수 있다고 봅니다. 방금 미
성의 발음은 이탈리아 사람처럼 완벽했어요."

　잠시 침묵이 흘렀다. 대체 이게 무슨 일인가. 어안이 벙
벙한 내게 모두의 시선이 쏟아졌다. 내가 제일 놀랐을 테지
만, 다른 사람들도 놀라긴 마찬가지였다. 이탈리아어와 가
장 멀리 위치한 사람으로 보였을 내가, 그 누구보다 이탈리
아 사람과 같은 발음을 구사한다니, 설마 저게 사실인가 하
는 의심이 모두의 표정에 스쳐 갔다. 그때, 왕초보반에서부
터 내 악전고투 굴욕의 과정을 모두 지켜본 폴이 활짝 웃으
며 큰 소리로 소리쳤다. "브라바 미성!" 그리고 나를 향해 박
수를 보냈다. 그러자 봉인이 풀린 듯 모두가 미소 지으며 박
수를 치기 시작했다. 여기저기서 "브라바!" 하고 외치는 소
리가 들렸다. 프랑스에서 이탈리아어를 배우는 동안에는
열등생을 면하기 힘드리라 생각했는데 이런 날도 있군, 기

분이 좋아졌다. 모두에게 "그라치에!" 장난스럽게 화답하며 나는 두 가지를 생각했다.

가장 먼저 든 생각은 '오늘이 그날이군'이었다. 외국어를 배우다 보면 드물지만 한번씩 그런 순간이 온다. 지겹도록 늘지 않는 실력에 지치는 단계를 극복하고 '그래도 계속하는 수밖에' 하면서 지속하다 보면 경험할 수밖에 없는 순간. 문장 하나를 만들어 이야기하는데도 버벅대던 실력이었는데 갑자기 자기도 모르게 몇 개의 문장이 술술 입에서 나오는 순간. 혹은 문장이 조금만 길어지면 버벅대던 실력이었는데, 긴 문장을 물 흐르듯 주르륵 읽게 되어 자신도 놀라는 그런 순간. 그것은 마치 간밤에 소리 없이 소복소복 쌓인 눈을 새벽이 되어 마주하게 되는 것과 같다. 묵묵하게 쉼 없이 꾸준하게 지속하다가 어느 순간 빛이 밝아 오면 확인하게 되는 것이다. 간밤의 그 시간이 헛되지 않았음을, 그 시간이 만들어 낸 아름다운 결과물을. 비록 얼마 지나지 않아 녹아 없어질 풍경임을 알아도, 마음 깊이 벅차오르는 그런 뿌듯한 순간. 다시 찾아올 밤의 시간을 견뎌 낼 수 있도록 어깨를 두드려 주는 격려의 순간. 우리는 그 힘으로 지루하고 고통스러운 과정을 계속할 수 있다.

그러므로 나는 선생님의 분석에 동의하지 않았다. 선생

님은 외국인마다 제각각으로 발음하는 그 동사변형을 내가, 가장 먼 곳에서 온 아시아인이 가장 정확하게 읽은 것에 놀라서 그런 결론에 이르렀을 것이다. 가장 편견이 없는 사람이 가장 순수하게 받아들이는 이치와 같이, 철자부터 다른 모국어를 사용하는 내가 있는 그대로를 흡수하고 있는 거라고. 하지만 나는 안다. 내 발음이 정확했다면 그건 내가 남들보다 직관적으로 잘 흡수하고 있기 때문이 아니다. 그것은 순전히 나의 노력의 결과라고, 나는 말할 수 있다. 이 venire 동사는 이탈리아어 문장에서 자주 등장하는 기본 단어인데도 불규칙 변형이 너무 외워지지 않아서, 이 동사변형을 지난 몇 달 동안 수없이 머릿속에서 끄집어내 외우고 또 외웠다. 나는 수개월째 출근길에 이탈리아어 수업 팟캐스트의 동사변형 부분을 반복해서 들었고, 그렇게 이탈리아인이 직접 발음하는 단어들의 액센트가 자연스럽게 귀에 익었다. 선생님은 나의 노력을 상상도 하지 못했을 것이다. 아마도 프랑스에서 이탈리아어를 가르치는 이탈리아인 선생님에게 나는 아시아어권 모국어를 가진 보기 드문 학생일 것이고, 학교가 아닌 이탈리아 문화원 수업을 위해 아침저녁으로 팟캐스트와 인터넷강의까지 듣는 학생이 있으리라고 상상도 못 했을 테니까.

괜한 칭찬을 받았다고 해도, 이런 기분 좋은 일을 아무도 모르게 넘어갈 수는 없었다. 남편이란 남에게 못 하는 자랑을 들으라고 있는 존재가 아닌가. 그날 저녁 "나의 이탈리아어가 이제 궤도에 오른 것 같아" 하는 말에 남편은 예상했던 대로 "풋" 하며 비웃었지만, 굴하지 않고 그날 일을 조금의 과장을 섞어 이야기해 주었다. "모두가 일어나서 박수까지 쳤다니까? 선생님이 내 발음이 완벽하다고 했어" 하면서. 그때 남편이 생각지도 못한 분석을 내놓았다. "제일 못하는 애가 너무 열심히 하니까 안쓰러워서 그런 게 아닐까?" 이에 "아니거든! 선생님은 진심이었거든!" 소리치고 돌아섰으나 '아, 그럴 수도' 하는 의심이 솟아났다.

선생님의 진의가 뭐였든, 문제는 그다음이었다. 나는 선생님이 공식적으로 인정한 '완벽한 발음'의 소유자라는 타이틀을 내려놓고 싶은 마음이 없었고, 누구보다 솔직하고 할 말은 하는 이 이탈리아인으로부터 "미성의 발음이 좋은 줄 알았는데, 아니었네요" 같은 말을 들을 마음은 더더욱 없었다. 이탈리아어 기초반에서는 발음보다 문법과 어휘, 듣기가 더 중요하다고 생각해 발음은 그동안 내려놓았었는데⋯⋯. 이제 본격적인 발음 연습을 시작해야 했다. 그러고 보니 이 모든 일이 프란체스카 선생님의 큰 그림이었나.

버드나무가 여름 바람에 살랑이는

오늘의 이탈리아어

andare all'avventura
모험을 떠나다

처음, 그러니까 이탈리아어 첫 학기가 끝나갈 무렵 파리 이탈리아 문화원 홈페이지에서 '이탈리아에서의 수업 및 숙소'를 클릭했을 때는 그저 구경이나 해 볼 생각이었다. 이탈리아 어학연수라니, 그건 직장인에게 꿈만 같은 일이니까. 기다란 부츠 모양의 이탈리아 지도 위에 밀라노, 베네치아, 제노바, 로마, 나폴리, 소렌토, 맨 아래 시칠리아섬의 타오르미나와 시라쿠사까지, 열 개가 넘는 도시들이 표시되어 있었다. 마우스가 닿는 대로 '로마'를 클릭하니, 영화 〈달콤한 인생〉의 한 장면 같은 흑백의 멋진 분수대 사진이 눈에 들어왔다. 그 아래로 로마 어학원의 수업별 가격과 홈스테이 가격이 조식, 석식 등의 옵션과 함께 안내되어 있었다. 로마 시민의 집에서 집밥을 먹으면서 식구처럼 살아 보는 경험이라니, 상상만으로도 흥미로워 눈을 뗄 수 없었다. 그러다가 보고야 말았다. 어학연수 기간이 1주일 단위로 매겨져 있는 것을. 직장인인 내게도 희망이 있는 것이다!

몇 달을 두근두근하며 보냈다. 속에서 불이 나는 순간마다 이탈리아 가정에서의 휴식 같은 시간을 상상했다. 떠난다면 어느 도시가 좋을지 생각하며 이탈리아 지도를 떠올리면, 마음속에 선선하고 달콤한 여름 바람이 불었다. 나는 여름 태풍 속 버드나무처럼 마음이 흔들리는 일 앞에 절대적으로 무력하다. 이런 일일수록 엄청난 속도로 실행에 옮기고 마는(그래서 자주 경거망동하는) 종류의 사람임을 스스로 잘 알고 있다. 그러므로 결국 이 이탈리아 어학연수도 떠나고 말 것을, 애초부터 알고 있었다.

회사 업무가 비교적 한가해지는 1월에 휴가를 내게 될 것 같았다. 그때라면 시칠리아섬이 따뜻하지 않을까 싶어 그토록 아름답다는 타오르미나와 시라쿠사의 풍경을 찾아보다가 눈을 돌리면, 새벽녘 깨고 싶지 않은 꿈 같았던 소렌토가 보였다. '소렌토에서의 어학연수라니 내 인생에 이런 일이!' 생각하다 보면 또 엘레나 페란테의 소설 속 릴라와 레누의 도시, 나폴리가 눈에 들어왔다. 물가 저렴한 나폴리에서 맛있는 요리를 잔뜩 먹으면서 학생으로 살아 보는 한 주는 또 얼마나 재미있을 것인가.

남편과 상의 끝에, 일주일은 혼자 어학원에 다니며 홈스테이를 하고 나머지 한 주는 남편이 합류해 함께 여행하는 일정으로 결론이 모아졌다. 어느 도시에 가고 싶냐고 남편에게 물었더니 반드시, 꼭, 피렌체에 또 가고 싶다는 대답이 돌아왔다. 차라리 물어보지 말고 혼자 결정하고 통보할 걸 그랬다는 후회 속에 피렌체에서 거리가 먼 순서대로 시라쿠사와 타오르미나, 소렌토와 나폴리를 희망 리스트에서 지웠다. 그러는 사이 겨울이 다가왔다.

오후 5시가 채 되기도 전에 하늘이 남색으로 변해 버리는 파리의 초겨울 저녁, 나는 또 한 번 뛰듯이 센강을 건너 이탈리아 문화원 사무실에 갔다. 일단 생각하면 저지르고 마는 행동력에 비해 별별 걱정을 다 짊어지고 다니는 나는 묻고 싶은 게 너무 많았다. 이번에는 발레리가 없고 학생처럼 보이는 젊은 직원이 있었다. 줄리아라고 했다. 나는 그날 이후 줄리아와 한 주에도 몇 번씩 '본조르노'로 시작하는 메일을 주고받았다.

책상을 사이에 두고 마주 앉아 정해진 것 하나 없는 나의 계획을 들은 줄리아는 모니터에서 눈도 떼지 않고 "그래서 어느 도시로 갈 생각이에요?" 사무적으로 물었다. 나는 마침 기다렸다는 듯 "그게 고민이에요" 하면서 되물었다. "어디가 좋을까요? 아니, 보통 프랑스 사람들은 어느 도시로 제일 많이 가나요? 추천하는 도시가 있나요?" 줄리아는 고개를 돌려 나를 보고는 당황한 듯 쉽게 말하지 못했다.

"글쎄요. 어디를 많이 가더라? 다 좋은데……. 시칠리아도 완전 좋고요, 로마도 많이 가고." 당시에는 내가 갈 도시를 남에게 골라 달라니 황당한 걸까 싶었는데, 돌아보는 지금 줄리아는 어쩌면 그날 퇴근이 늦어질 것을 예감하며 속으로 깊은 한숨을 쉬었을지도 모르겠다는 생각이 든다.

줄리아는 갑자기 좋은 생각이 났다는 듯 "아, 최근에 예약한 사람들이 어디에 다녀왔는지 볼까요?" 하더니 자판을 두드렸다. "이번 달만 보면 피렌체로 간 사람이 두 명, 로마도 있고요, 제네바도 있고, 아, 타오르미나도 두 명이 있네요." 그러다가 갑자기 신이 나서 줄리아가 말했다. "타오르미나는 시칠리아섬에 있는 도시인데 진짜 예쁘대요. 거기는 어때요?" 내가 고개를 끄덕이며 "네, 타오르미나 좋다는 얘기 많이 들었어요. 근데 시칠리아는 항공편이 자주 없더라고요. 여행 일정 짜기가 쉽지 않을 것 같아서요" 하자, 잠시 침묵이 이어졌다. 내가 결정할 문제로 의미 없이 민폐를 끼치는 기분이 들어 일단 물었다. "피렌체는 수업료와 홈스테이 비용이 얼마인가요?" 줄리아가 드디어 질문다운 질문이 나왔다는 듯 "잠시만요, 2023년 비용은요" 하고 확인한 가격을 말해 주었는데, 그 가격이 홈페이지에 나온 2022년 가격보다 거의 10프로가 비쌌다. 깜짝 놀라서 "그럼 로마는요? 나폴리는요?" 하며 다른 도시들도 하나씩 묻고 받아 적었다. 어학원 비용은 몰라도 홈스테이 비용은 10프로까지 올린 도시들이 많았다. 받아 적은 가격들을 들여다보다가 내가 "아니, 이렇게 올랐다고요?" 하니, 줄리아도 "그렇네요" 하고는 말이 없어졌다.

인플레이션 시대에 이 계획은 과연 옳은가, 하는 줄리아와 함께할 수 없는 또 하나의 고민이 부상했다. 며칠 더 고민해 봐야겠다는 생각에 나머지 도시들의 2023년 가격을 다 적어 놓기로 했다. 언젠가 가 보고 싶었던 제노바 가격까지 듣고 나니 그 옆의 볼로냐가 보였다.

"볼로냐는 어때요?" 묻자 줄리아가 반갑다는 듯 말했다. "우리 언니가 볼로냐에 있거든요. 볼로냐도 재미있는 도시라고 했어요."

"아, 언니가 볼로냐 대학 다니나 봐요. 거기가 대학도시로 유명하잖아요. 움베르트 에코도 볼로냐 대학 교수 아니었나요? 좌파 도시로도 유명하죠!" 했더니, 줄리아가 활짝 웃으며 고개를 끄덕였다. "볼로냐를 잘 아시네요?" 하면서. 그러게, 나 왜 볼로냐를 잘 아는 거지, 싶어 같이 웃었다.

마지막으로 애초부터 마음에 걸렸던 그 문제를 털어놓기로 했다. "그런데, 홈스테이요, 괜찮을까요? 그게 생판 모르는 사람 집에 가서 자야 하는 거잖아요." 우리 반 폴은 나의 이 고민에 비웃음을 흘렸지만, 같은 여자라 그런지 줄리아는 이해한다는 듯 고개를 끄덕이며 말했다. "음, 적어도 지금까지 문제가 생긴 경우는 한 번도 없었어요. 그쪽 이탈리아 어학원에서 믿을 만한 사람들을 소개해 줘요. 이탈리아에 다녀온 이후에 저희가 매번 점검하는데 만족도도 늘 높고요. 걱정 마요."

줄리아와의 다정한 대화로 안심은 됐으나, 정작 어디로 갈지, 이 인플레이션에도 불구하고 결국 가긴 갈지 결정은 하지 못하고 문화원 사무실을 나섰다. 집으로 돌아오는 내내 이상하게 볼로냐가 머릿속을 떠나지 않았다. 무엇보다 내가 말해 놓고도 속으로 '맞아, 그랬었지' 싶었던, 정치적으로 진보적인 도시라는 점이 계속 마음을 끌었다.

이탈리아는 내게 가장 매력적인 외국이지만 정치적인

흐름을 생각하면 마음이 편하지 않다. 좌우의 포지션을 떠나 정경유착, 언론장악, 성매매 등 각종 비리를 저지른 베를루스코니가 세 차례 총리 연임에 성공하며 장기 집권을 할 만큼 인기가 높은 것을 볼 때도 마치 내 나라인 양 한숨이 났는데, 최근에는 무솔리니를 옹호하던 극우 정당의 대표가 총리로 선출됐다.

프랑스에 온 이후 다섯 번의 대선을 지켜본 나는 극우 정당과 인종주의의 상관관계, 즉 극우파의 인기가 높아질수록 국민 여론에서 불꽃처럼 번져 가는 인종주의를 피부로 생생하게 느껴 왔고, 느끼고 있다. 10년 전까지만 해도 인종주의로 심각하게 비판받을 만한 발언들이 현재 프랑스 TV 토론 프로그램에서 아무렇지도 않게 이야기되는 것을 보면서 요즘에는 TV를 켜기가 두려워질 정도다. 예를 들면, 최근 카타르월드컵 4강전에서 프랑스와 모로코가 겨루게 됐을 때, TV 시사 프로그램의 패널들은 저마다 프랑스 내 모로코 출신 이민자들이 프랑스가 아닌 모로코를 응원하는 것을 문제 삼았고, 마치 프랑스가 이기면 모로코인들이 폭동을 일으킬 것처럼 분위기를 만들어 냈다. 아르헨티나 이민자 커뮤니티의 응원은 문제가 되지 않는데, 모로코 이민자들의 응원은 왜 문제가 되는가? 4강전이 프랑스의 승리로 끝난 밤, 폭력 사건을 일으킨 사람들은 프랑스의 극우 단체들이었고, 그들은 모로코 커뮤니티를 공격했다. 모로코 출신 프랑스인들이 일으킨 폭력 사건은 적어도 다음 날까지 보도된 바가 없었고, 폭동도 일어나지 않았다.

이런 연유로 극우 정당 대표를 총리로 선출한 나라에서 아시아 여성으로서 혼자 하는 여행이 과연 괜찮을지 걱정되던 와중에, 대학도시이자 전통적인 진보의 도시인 볼로냐가 떠오른 것이다. 대학에도 인종주의자는 있을 테지만 젊은이들이 많고, 어쨌거나 공부를 업으로 하는 사람들이 모여 있는 도시라는 점이 뭔지 모를 믿음을 주었다.

뿐만 아니었다. 생각할수록 볼로냐는 여러모로 내 상황에 착 들어맞는 점이 많았다. 볼로냐가 유서 깊은 미식의 도시라는 점, 매해 세계에서 가장 유명한 아동도서전이 열리는 도시라는 점에서도 그랬다. 그리고 마지막 한 방이 있었다. 이탈리아 철도청 사이트에 들어가 검색해 본 결과, 볼로냐에서 피렌체는 기차로 40분 거리였다!

목적지는 정해졌지만 그 후로도 며칠을 망설였다. 줄리아와의 면담으로 알게 된 홈스테이비 상승이 마음을 붙잡았다. 가격이 문제라기보다 2023년에 우리에게 닥칠 경제 상황이 피부로 와닿았다. 당시 나는 회사에서 2023년 프랑스 경제전망 보고서를 막 쓰고 난 후였는데, 그 영향이 컸다. 보고서를 쓰면서 참고한 모든 경제 전문기관과 전문가 들은 2023년에 대해 비관적인 분석과 수치를 내놓았고, 그걸 보고 있자면 위기감이 들었다. 인플레이션은 최고점을 찍고, 가계 구매력은 하락할 것이며, 파산하는 기업도 속출하고, 실업률도 상승할 거라는 전망이 대부분이었다. 특히 이탈리아의 어느 지방에서는 인플레이션율이 10퍼센트를 찍었다는 보도가 나오는 상황이었는데, 아니 이 시점에 어학연수가 가당키나 한 일인가. 지금은 투자가 아니라 최대한 현금을 모아 두어야 하는 시기가 아닌지, 마음이 무거웠다.

이런 고민을 간단하게 정리해 준 사람은 다름 아닌 엄마였다. 전화로 걱정을 다 듣고 난 엄마는, 모든 일에는 다 때가 있다는 논리로 어학연수에 정당성을 부여해 주었다. 인생에는 그때가 아니면 나중에는 할 수 없는 일들이 많다고. 어학연수가 그렇게 쉽게 저지를 수 있는 일이 아닌데 할 수 있을 때 하라고. 따사로운 겨울 햇살 아래, 그 순간 가장 듣고 싶은 말을 들었다. 나의 부지런한 이성은 모든 일에는 때가 있다는 논리로 보자면 물가가 폭등하고 경기가 좋지 않은 지금은 좋은 때가 아닐 수 있다고 이야기하고 있었지만,

모른 척하고 싶었다. 나의 엄마는 특히나 배움에 있어서는 그게 무엇이든(영화라도) 무조건 지지하는 면이 있다. 결국 책임은 내가 져야 하지만 못 이기는 척 '그런가?' 하고 싶었다. 내 마음속 버드나무가 이미 뜨거운 여름 바람에 흔들리고 있었으니까. 이런 바람은 나 같은 사람에게는 살면서 몇 번 불지 않으니까. 한 번의 모험 후에 나는 더 단단한 사람이 되어 있을지도, 경기침체 따위 얼마든지 맞서서 살아남을 힘이 생겨날지도 모르는 일 아닌가.

쉬는 날 설렁설렁 취미 삼아 시작한 이탈리아어 공부가 불과 몇 달 지나지 않아 '인생의 사건'을 만들어 내고 있었다.

이탈리아어가 열어 준 세계

Il mondo aperto dall'italiano

볼로냐로 가는 길

살다 보면 사실상 결심이 전부인 일들이 있다. 배에 올라타기 전에는 파도와 바람의 세기를 예측하기가 힘든 것처럼, 모든 일은 시작된 뒤에야 파악할 수 있고 이후 펼쳐지는 우연과 사건은 받아들일 수밖에 없다. 내게는 열아홉에 결정한 프랑스 유학이 그랬는데, 그 한 번의 결심으로 인생의 방향이 완전히 바뀌었다.

볼로냐로 떠나기 전의 심정도 그랬다. 어학연수라고 칭하기도 민망한 일주일의 짧은 일정이지만, 유학을 떠날 때처럼 긴긴 항해를 앞둔 기분이었다. 아는 사람 하나 없는 도시로, 모르는 사람의 집에 머물며 (안 배워도 되는) 다른 나라의 언어를 배우러 떠나는 40대 직장인의 마음이 그저 가볍기만 할 수는 없는 것이다. 떠나는 그 순간까지 무슨 일이 나를 기다리고 있을지 전혀 알 수 없었으므로(이를테면 홈스테이로 머물 이탈리아 가정에서 지옥을 경험하게 될 수도 있었다), 여행을 떠나듯 신이 나지는 않았다. 다만 궁금했다. 자발적으로 일으킨 인생의 사건이 나머지 삶에 어떤 영향을 주게 될지.

결정은 쉽지 않았지만 준비 과정은 순조로웠다. 파리 이탈리아 문화원의 줄리아가 볼로냐 어학원에 연락해 모든 행정적인 절차를 맡아 주었고, 머지않아 볼로냐 어학원에서 메일이 왔다. 메일에는 수업 프로그램, 볼로냐 체류에 필요한 주요 정보가 담긴 PDF 파일이 동봉돼 있었고, 레벨 테스트를 위한 링크가 있었다. 수업 시작일로부터 최소 1주일 전까지 레벨 시험을 봐야 하고, 시험을 보고 나면 어학원 선생님 중 한 명이 따로 연락할 거라는 내용이었다. 그 메일을 받고서, 아니 '레벨 테스트'라는 단어를 보자마자 곧바로 고민이 시작됐다. 시험 준비는 어떻게 해야 할지, 그동안 공부했던 문법을 다시 한번 점검하려면 내게 얼마만큼의 시간이 주어진 건지, 이탈리아어 실력이 최상인 상태에서 시험을 보려면 시험 시기는 언제여야 할지 등등. 그러다가 어느 순간 스스로가 우스워졌는데, 무슨 시험이든 시험이라는 단어만 보면 무조건 잘 봐야 한다는 생각은 그야말로 한국인 특유의 강박이 아닌가 자각했기 때문이다. 레벨 테스트는 지금 내 실력에 맞는 반에 배정받기 위함인데, 실력보다 잘 본다 한들 무슨 소용이란 말인가. 이건 마치 건강검진을 앞두고 금주하다가 검진 결과가 나온 후 안심하며 술을 마시는 것 같은 일이 아닌가.

생각은 그렇게 했지만 나는 시험 공부를 열심히 했다. 그동안 배웠던 문법을 훑어보고, 자주 헷갈리던 부분도 다시 한번 점검했으며, 프란체스카 선생님 수업에서 아직 다루지 않았으나 혼자 공부했던 반과거와 미래형까지 공부한 후에 시험을 보았다. 며칠 후 받은 시험 결과에는 현재의 내 레벨을 훌쩍 뛰어넘는, 중급반 레벨이 적혀 있었다. 아, 이러려던 건 아니었는데, 너무 높은 반에 배정되면 어쩌지…….걱정이 들면서도 물론 기분은 좋았다.

착각의 시간은 딱 그때까지였다. 지금 와서 보면, 당시 나는 이상한 자아도취에 빠져 있었다. 나의 이탈리아어 실력은 매우 빠른 속도로 늘고 있고, 그 비결은 누구보다 성실하게 노력하는 스스로에 있다고. 그래 봐야 고작 일주일에 하루, 단 세 시간 이탈리아어를 배우는 반에서 남들보다 선생님의 설명을 조금 더 잘 이해하고 있을 뿐이면서. 목적지를 정해 놓은 것도 아닌 일에 남들보다 빠르다는 사실은 아무 의미도 못 된다.

레벨 테스트를 마치고 얼마 후, 볼로냐 어학원의 세라피나 선생님에게서 메일이 왔다. 줌 미팅 앱을 통해 화상 구술시험을 진행해야 하니 가능한 시간을 알려 달라는 내용이었다. 일주일 수업 들으러 가는데 화상으로 실기시험까지 봐야 하나 싶으면서도, 어학원에서도 이렇게 최선을 다하는데 단기 수강이라고 내가 너무 가볍게 생각하는 건 아닌가 반성이 되었다.

평일 대부분을 회사에서 보내야 하는 직장인에게, 얼마나 걸릴지 알 수 없고 주변이 조용한 상태에서 진행해야 하는 구술시험 시간을 확보하기란 쉽지 않았다. 대략 대여섯 통의 메일을 주고받은 끝에 우리는 그 주 일요일 아침 8시에 화상으로 만나기로 했다.

햇살 가득했던 1월의 일요일 아침, 모니터 가득 60대 정도로 보이는 이탈리아 여성의 이미지가 떠올랐다. 연륜과 카리스마가 있는 교장 선생님 같은 느낌이었다. 내가 수줍게 "본조르노" 하며 먼저 인사하자, 거실에서 자고 있던 고양이도 깨울 만한 목청의 "본조르노!"가 집 안 가득 울려 퍼졌다. 이레네 선생님과 프란체스카 선생님을 제외하고는 처음으로 마주하는 이탈리아 사람과의 이탈리아어 대화였다. 반갑다는 첫인사를 나누고 "세라피나", "미성"이라고 각각 소개하고 나니, 어색한 침묵이 몇 초 흘렀다. 세라피나 선생님이 먼저 무슨 말인가를 했는데, 그 말을 알아듣지 못했고, 그 순간부터였다. 나의 자신감이 날아오를 틈도 없이 급격하게 추락한 것은. 볼륨을 높이며 눈을 크게 뜨고 화면을 바라보자, 선생님이 "할 수 있는 말 아무거나 해 보세요" 했다. 머릿속이 하얘지면서 몇 분 같은 몇 초가 흘렀다. 그동안 수십 번을 반복했던 말들 "저는 한국인이고 파리에서 20년을 살았어요" 같은 말과 "일요일에 일하게 해서 미안합니다", "책을 쓰고 있어요" 등의 몇 문장을 이야기하고 나니 더 할 말이 없어졌다. 세라피나 선생님은 "결혼은 했냐", "아이는 있냐","어떤 책을 쓰고 있냐" 같은 질문을 던졌고, 나는 한 번에 알아듣지 못하고 매번 카메라에 얼굴을 들이밀며 "스쿠지?"를 외쳐 댄 후, 더듬더듬 그 순간 할 수 있는 말들을 했다.

다 끝나고 돌이켜보니 가족관계, 그동안 쓴 책의 내용, 현재 작업 중인 책, 파리 이탈리아 문화원 수업방식(학생

수, 교재, 수업 시간 등), 반과거 문법 사용도 등등 다양한 이야기를 많이도 한 것 같은데, 그 말을 다 어떻게 했는지 모르겠다. 혹시 말을 했다는 건 내 착각이고, 그저 단어 몇 개만 우물거렸던 것은 아닐까?

온라인 대화로 나의 이탈리아어 실력을 다시 한번 낱낱이 확인하고 망연자실한 일요일 오전을 보냈다. '이러다가 볼로냐 왕초보반에 들어가는 것은 아닐까. 지금이라도 더 공부해서 월반을 꿈꾸어야 할까' 하는 초조함과 '6개월을 하고도 이 정도인데 일주일을 간다고 해서 뭐가 달라질까. 어학연수는 괜한 짓이 아닐까' 하는 불안감이 증폭됐다.

출국 전 마지막 순간까지 혹시 모를 월반을 위해 뜨겁게 공부하는 일은 물론 없었다. 직장인이자, 한 고양이의 집사며 매달 지켜야 하는 연재 마감일이 있는 작가로서, 출국 전까지 준비하고 끝내야 할 일은 그게 아니라도 차고 넘쳤으니까. '과연 괜찮을까. 쓸데없는 모험을 하고 있는 건 아니겠지?' 하는 회의는 그로부터 한 주 후, 공항에 도착하면서 다시 스멀스멀 피어올랐다.

그날은 이상하게도 예상치 못한 악재가 가는 곳마다 발생했다. 공항까지 가기 위해 타려고 했던 지하철이 온종일 운행을 안 하는 바람에 부랴부랴 택시를 찾아 나서야 했고, 파리발 볼로냐행 비행기 탑승을 15분 앞두고 비행기의 계기판 고장이 발견되어 출발 시간이 한 시간 연기되는 일이 있었다. 택시를 타는 바람에 공항에 일찍 도착한 터였는데, 그날따라 탑승 대기실은 인산인해여서 의자 대신 바닥에 앉은 사람들이 있을 정도였다. 나는 출발도 하기 전에 이미 쉬고 싶은 상태가 됐다.

결정적인 상황은 기내에서 일어났다. 그날 나는 국적 및 출신을 알 수 없는 한 남자(아마도)의 옆자리에 앉았는데 착륙할 때까지 그의 얼굴을 한 번도 볼 수 없었다. 두 명 좌석의 복도 쪽에 내가 앉으려고 다가오자, 그는 창 쪽으로 몸을 완전히 틀었고 동시에 입고 있던 외투를 머리에 뒤집어 썼다. 비행 내내 그는 옆자리의 나는 물론이고, 음료를 서비스하는 스튜어디스에게조차 얼굴을 보여 주지 않았다. 처음에는 그에게 신경 쓰지 않다가, 유럽 내 노선에서 쉽게 보기 힘든 아디다스 삼선 트레이닝복을 입은 그가 다리를 심하게 떨고 있음을 본 순간부터 불길한 상상력이 발동됐다 (두 시간 내외의 단거리 운행이 많은 유럽 내 노선 승객들은 대체로 옷을 잘 차려입는 편이다. 특히 이탈리아인이라면 더더욱). 승무원들과 옆자리 승객들도 그를 걱정과 의심의 시선으로 힐끔힐끔 보기 시작했다. 그는 얼굴을 가린 외투 속에서 휴대폰으로 무언가를 열심히 보고 있었고, 그 무언가를 남들에게 들키고 싶지 않은 것 같았다. 그에게는 혹시 이 비행 시간 동안 반드시 수행해야 할 어떤 미션이 주어진 게 아닐까? 그리하여 불안감에 다리를 미친 듯이 떨면서 지령을 기다리고 있는 건 아닌가? 그가 그 미션을 이루기 위해, 저 앞 조종실로 나아가기 위해 인질로 잡을 누군가 필요하다면, 옆자리 승객이 그 대상이 될 확률이 제일 높겠지? 그의 작은 움직임에도 나는 움찔했다. 불길한 생각들이 떠올랐다. 마침내 '아, 도대체 나는 무얼 바라 여기에 왔을까. 이탈리아어 공부는 집에서 해도 되는 게 아니었을까' 하는 절망감이 최고조에 이르렀을 때였다. 기내 방송으로 기장의 목소리가 흘러나왔다. 프랑스인 기장은 나른하고 여유로운 말투로 이렇게 말했다.

"승객 여러분, 지금 우리는 알프스 상공을 지나고 있습니다. 오른쪽 창밖을 봐 주시겠습니까? 석양이 너무나 아름답습니다. 승객분들과 함께 나누고 싶습니다."

나는 자연스럽게 오른쪽으로 고개를 돌렸다. 기장의 말대로 저 멀리 하얗게 눈이 쌓인 산맥 위로 주황색 노을이 화려하게 펼쳐져 있었다. 붉은빛이 그대로 기내에 들어와 내게 스며드는 것 같았다.

뜻밖에, 눈물이 주르륵 흘렀다. 창밖의 하늘이 아름다워서였을까. 혼자 감상하며 지나가도 상관없을 아름다운 풍경을 사람들과 나누고 싶어 굳이 마이크를 켠 기장의 마음이 헤아려졌기 때문일까. 아니면 그 찰나의 순간에 옆자리 남자가 온몸으로 감추며 보고 있던 것이 다름 아닌 어린이 만화영화라는 것을 확인하고 긴장이 풀려서였을까?

이유를 알 수 없는 눈물을 황급히 닦아 내며 주변을 둘러보았다. 눈물을 흘리기는커녕, 그 누구도 오른쪽 창으로 고개를 돌리지 않고 있었다. 그러고 보니 주변 승객들은 대부분 이탈리아인이었고, 기장의 프랑스어는 이탈리아어로 통역되지 않았다. 그 순간 이 여정의 의미를, 내가 무엇을 위해 그 고생을 하려고 하는지 깨달았다. 떠나왔으므로 나는 이제 직접 몸을 움직여 부딪친 사람만이 경험할 수 있는 아름다운 것들을 마주하게 될 것이었다. 몰아치는 비바람과 예기치 못했던 한파도 있는 그대로 견뎌야겠지만, 어느 아침에는 하얗게 눈이 쌓인 볼로냐의 골목길을 걸을 수도 있고, 오렌지색 석양 아래 사이프러스 나무와 오래된 다리가 있는 피렌체 시내를 내려다보다가 살아 있음에 감사할 수도 있고, 이렇게 알프스 상공의 붉은 노을을 마주할 수도 있을 것이다. 그리고 언젠가 이탈리아 비행기의 기장이 이탈리아어로 창밖을 보라고 이야기할 때, 그의 언어가 그 어느 외국어로도 통역되지 않는다 해도, 오른쪽으로 고개를 돌려 그가 보여 주고 싶어 했던 풍경에 감동할 수 있겠지. 그 하나만으로도 이 여정의 의미는 충분하지 않은가. 그때는 내가 아는 모든 외국어로 주변의 외국 사람들에게 전해 줄 것이다. 저 멀리 구름 위 석양을 보라고. 외국어를 배우기 위해 떠나왔기 때문에 할 수 있는 것들을 누릴 것이다.

세계시민과 협소한 상상력

홈스테이를 결정하고 내가 상상한 그림은 이런 거였다. 내 홈스테이 호스트는 60대 정도의 혼자 사는 여성으로, 그녀는 아마도 퇴직 후 소일거리 겸 취미로 남는 방 하나를 여학생들에게 빌려주고 있을 것이다. 크지 않은 도심 아파트의 아마도 주방 옆 작은 방에서 나는 머물게 되고, 거기에는 1인용 침대와 책상, 그리고 작은 옷장 정도가 있겠지. 독립된 욕실을 신청했지만 그건 어쩌면 어려울 수도 있다. 파리를 생각했을 때, 도심의 작은 아파트에 욕실이 두 개 있는 경우는 거의 없으니까. 매일 아침에는 호스트가 집 앞 빵집에서 사다 놓은 브리오슈나 운이 좋다면 커스터드 크림이 들어간 코르네(크루아상)와 함께 갓 내린 커피를 마실 수 있을 것이다. 아침 먹는 시간은 각자 스케줄에 따라 달라질 수 있으므로 아마도 혼자 먹게 될 확률이 높다. 학원 수업 시간에 맞춰 나는 서둘러 나가야 할 거고, 수업이 끝난 오후에는 잠시 들어와 집에서 조용히 쉴 수 있겠지. 저녁 식탁은 풍성할 것이다. 이탈리아인 호스트 아주머니는 토마토 라구소스를 한 솥 가득 끓여 놓고 스파게티를 만들어 주거나, 페포소 peposo 같은 고기찜 요리를 가득 만들어 접시에 산처럼 쌓아 줄 수도 있다. 우리의 대화는 원활하지 않겠지. 나는 더듬더듬 사전을 찾으며 그날 있었던 일들을 이야기할 것이고, 아주머니는 내 말을 이해할 때마다 새로운 이탈리아어 단어와 표현을 알려 줄 것이다.

상상이 여기까지 미치면 내게는 늘 두 개의 간절한 바람이 생겼다. 나의 이탈리아어가 형편없어도 최소한 대화를 이어 갈 수준은 되어야 할 텐데, 그리고 제발 아주머니의 요리 실력이 좋아야 할 텐데 하는. 한 가지 더 바랄 수 있다면, 저녁에는 와인 한잔쯤 즐기는 분이시기를. 떠나기 전 내가 이런 걱정과 바람을 이야기하자 남편은 말했었다. 쓸데없는 걱정이라고. 이탈리아 사람에게 요리 실력과 와인 사랑은 그냥 타고나는 거라고.

그 일요일 저녁, 2주간 나를 '사람답게' 만들어 줄 최소한의 물건만으로도 터질 듯한 캐리어를 끌고 끙끙대며 주소지의 아파트에 도착했다. 예기치 못한 그림이 나를 기다리고 있었다. 보통의 이탈리아 건물에는 엘리베이터가 없거나 있어도 삐걱거리고 좁은 2인용이다. 그러나 그 아파트의 현관은 손잡이부터 금빛으로 반짝였고, 엘리베이터도 상당히 넓었다. 그 집은 아마도 내가 이탈리아에서 살아 본, 혹은 살게 될 집 중 가장 현대적이고 넓은 집이 될 것이었다. 엘리베이터에서 내리자 대문을 활짝 열어 놓고 "차오!" 하며 환하게 웃는 금발의 여성이 보였다. 그때부터 내 일상은 가파른 물살에 휩쓸리듯이 엄청난 속도로 정신없이 흘러갔다.

첫인사와 통성명을 마친 후 비토리아가 내게 던진 첫 질문은 "이탈리아어를 얼마나 해요?"였다. 내가 엄지와 검지로 10센티 정도의 사이를 만들며 "Un po(조금이요)"를 반복하자, 비토리아는 바로 영어로 "우선 방과 욕실을 먼저 보여 줄게요" 하며 왼쪽으로 난 문을 열었다. 내가 단독으로 사용하게 될 욕실 겸 화장실이 있었는데, 평소에 쓰지 않는 손님용이라고 했다. 무려 욕조까지 있는 손님용 화장실이라니! 현관에서 정면의 문을 여니, 컴퓨터가 놓인 책상 주변으로 온갖 책과 신문, 사무용품이 가득 쌓여 있는 방이 있었다. 비토리아가 방으로 들어서며 말했다.

"제 작업실이에요. 요즘 재택근무를 해서 계속 집에 있을 텐데 편하게 생각해 주세요. 여기를 지나야 방으로 갈 수 있거든요." 그럼 화장실을 갈 때마다 일하고 있는 호스트를 마주쳐야 한다는 말인가? 내 생각을 읽은 듯, 비토리아가 미안한 표정으로 "불편해하지 말고 편하게 지나다녀요" 다시 한번 당부했다. 이후 나는 그 한 주 동안, 비토리아가 하는 화상회의의 뒷배경으로 수도 없이 등장하며, 때로는 회의 중인 줄도 모르고 해맑고 모자란 이탈리아어로 "나 점심으로 그…… 그…… 먹었어. 그 뭐지? 뭐더라? 피아디나?" 같은 말을 해서 화면 너머 이탈리아인들의 웃음소리를 듣게 된다.

그 작업실을 가로질러 반대편 문을 열고 나가니 짧은 복도 안쪽으로 또 문 두 개가 나왔고, 그중 왼쪽이 나의 방이었다(오른쪽 문의 정체는 홈스테이 마지막 날에야 알게 된다). 방은 파리의 우리 집 거실만큼이나 넓었다. 18세기쯤부터 물려 내려왔을 것 같은 작은 앤티크 책상과 세 명은 누워도 될 것 같은 커다란 침대, 왜 거기에 있는지 모를 2인용 소파와 커다란 옷장 세 개, 그리고 각종 잡동사니들이 있었다. 비토리아는 "평소 창고로 쓰는 공간이거든요. 난방이 잘 안 될 수 있어요" 하며 커다란 옷장의 문을 열어 "여기 이불 많으니까 추우면 꺼내서 덮어요" 했다. 그리고 준비가 다 되면 자기를 부르라고 하고는 사라졌다. 등 뒤로 비토리아가 누군가에게 크게 외치는 소리가 들렸다. "이탈리아어 잘 못한대!"

볼로냐가 나름 잘사는 도시라더니 여기는 다들 이런 큰 집에 사나? 시내 한복판에 있는 아파트가 어떻게 이렇게 클 수가 있지? 돈이 많은가? 아니면 물려받은 집인가? 이 정도면 보통 부자가 아닌데 왜 굳이 하숙생을 받는 거지? 속물적인 생각을 하며, 캐리어를 풀어 짐을 정리하고 와이파이를 연결했다. 그리고 대망의 저녁식사를 위해 다시 비토리아의 작업실을 가로질러 현관 입구로 간 후, 그들의 공간이 있는 오른쪽 문 앞에 섰다.

"Sono pronta(준비됐어요)!" 하며 문을 열었다. 왼쪽 복도 끝에서 비토리아가 나타나 이쪽으로 오라고 손짓했다. 내 방과 비토리아의 작업실이 있는 공간은 일상적인 생활 공간이 아니었다. 긴 복도를 따라 옆으로 거실과 침실들, 주방을 겸한 식당이 있었다. 주방 겸 식당에 들어서자, 40대 후반쯤으로 보이는 작고 마른 남자와 초등학생쯤으로 보이는 여자아이가 함께 쑥스러운 듯 미소 지으며 서 있었다. "이쪽은 내 남편 마테오고 얘는 우리 딸 키아라예요" 하는 비토리아의 소개에 "Sono Misung, piacere(나는 미성입니다. 반가워요)" 인사를 했다. 이어 그 순간 할 수 있는 이탈리아어를 모조리 꺼내 놓았는데, 나는 한국인이고 파리에 20년째 살고 있다는 말, 이탈리아 문화를 너무 좋아해서 여기까지 오게 됐다는 말까지 하고 나니, 그게 다였다.

그때 검은 고양이 한 마리가 호기심 가득한 두 눈을 빛내며 주방 입구에 나타났다. 집에 두고 온 로미가 생각나 나도 모르게 탄성을 지르며 달려갔다. 음식을 만들고 있던 비토리아가 화들짝 놀라며 말했다.

"아, 우리 집에 고양이가 있어요. 고양이 두 마리가 있는데, 깜빡하고 미리 말을 안 했네요. 알레르기가 있나요?" 나는 "저 고양이 너무너무 좋아해요. 우리 집에도 한 마리가 있어요" 하며 신이 나서 로미 사진을 휴대폰에서 찾아 보여 줬다. 키아라와 마테오가 로미 사진을 보고 "마카랑 비슷하네요" 했다.

코에 흰 점이 있는 검은 고양이의 이름은 타테, 그리고 두 번째 고양이의 이름은 마카였는데, 마카는 로미와 비슷하게 생긴 유러피언 숏헤어 품종이었다. 고양이가 있다는 사실 하나만으로 마음이 포근해졌다. 아무리 최악이라도 고양이가 있으면 견딜 수 있지, 생각하면서. 기댈 곳이 생긴 마음이랄까. 고양이의 의사와 상관없는 나의 일방적인 마음이지만.

6인용 식탁에서 모두를 둘러볼 수 있는 끝자리가 내 자리였고, 맞은편에는 키아라가, 왼쪽과 오른쪽으로 마테오와 비토리아가 앉았다. 그 자리에서 우리는 여섯 번의 아침 식사와 여섯 번의 저녁식사를 함께하게 된다.

그날 식탁에는 보기만 해도 먹음직스러운 살라미가 커다란 나무 도마 위에 큼직하게 빵과 함께 잘려 있었는데, 마음대로 집어먹기가 조심스러워서 주춤하자 비토리아가 물었다. "혹시 채식해요? 고기 안 먹나요?" 두 손을 적극적으로 내저으며 "아니에요" 하는데, 비토리아가 바로 말했다. "저는 채식하거든요."

그렇지, 이탈리아에도 채식하는 사람은 있을 수 있지, 싶어 눈을 크게 뜨고 영어로 물었다. "그럼 혹시 저 때문에 이 살라미를 꺼냈나요?" 그러자 지켜보던 마테오가 나직하게(마테오는 늘 흥분하는 법이 없이 천천히 말했다) "아니에요, 채식은 비토리아만 해요. 우리야말로 덕분에 고기를 먹게 되어 좋아요" 하고는 키아라와 마주 보고 웃었다.

그날 식탁에는 살라미와 함께 이탈리아식 케일인 카볼로 네로cavolo nero를 튀겨서 칩처럼 만든 요리가 있었고, 내가 사랑하는 로마식 아티초크 요리가 있었고, 다양한 야채를 넣은 맑은 육수에 스파게티 생면이 들어간, 아시아 요리를 닮은 정체불명의 요리가 있었다. 대체적으로 간이 거의 안 된 맑고 건강한 음식들이었다. 결론적으로, 큰 솥에 담긴 라구소스나 페포소 같은 찜요리가 접시에 산처럼 쌓일 일은 없었다. 마테오는 그 몸매의 비결이 투명하게 드러나도록 적은 양을, 접시 위에 작은 아티초크 하나, 살라미 두어 개, 야채수프 한 그릇 정도만을 먹는 사람이었고, 비토리아는 채식주의자였으니까. 그날 밤 남편에게 전화해서 이 소식을 알렸더니 낄낄거리며 말했다. "어떻게 그런 일이 있지? 그건 마치 페리고르 지방에 홈스테이를 하러 온 외국인이 채식하는 집에 배정된 격이잖아?" 페리고르는 프랑스에서도 오리고기와 기름진 음식으로 유명한 지방이다. 남편이 이 이야기를 어찌나 재밌어했는지, 파리에 돌아온 후 만나는 프랑스 친구들마다 내게 첫인사로 건네는 말이 대강 이랬다. "잘 다녀왔어? 채식하는 집에서 홈스테이했다며? 볼로냐까지 갔는데 어쩌다……."

그날의 식탁 메뉴가 철저히 나를 위해 계산된 것이었음

을, 그날 저녁 두 시간이 넘도록 계속된 비토리아와의 수다 속에서 알게 됐다. 저녁식사가 시작되고 얼마 되지 않은 어느 순간, 나는 답답함을 참지 못하고 영어를 시작했는데, 그러자 막혀 있던 말들이 서로 봇물 터지듯 터져 나왔다. 지금 생각하니 당시 우리는 서로의 불안을 눈치채고 자신에 대해 가장 특징적인 정보를 빨리 알려 주어 상대를 안심시키고 싶어 했던 것 같다. 나는 파리에서의 삶과 책 작업에 대해 주로 이야기했고, 비토리아가 궁금해하는 프랑스인 남편과 만난 이야기, 파리에서의 대학 시절 등을 이야기해 주었다. 비토리아도 그들 부부에 대해, 자신에 대해 여러 가지 이야기를 들려주었는데, 그날 밤 가장 인상적이었던 정보는 두 가지다.

하나는 그 저녁 내내 궁금했던, 그들이 홈스테이를 하게 된 이유다. 표면적으로는 볼로냐 어학원 원장과 친분이 있고 홈스테이 학생을 맡아 달라는 부탁을 받았기 때문이지만(아마도 어학원에서 내가 요청한, 전용 욕실이 따로 있는 집을 찾기 어려웠던 게 아닐까) 근본적으로는 딸 키아라 때문이라고 했다. 유서 깊은 대학도시인 볼로냐에는 옛날부터 전 세계에서 찾아오는 유학생들이 많았고, 어릴 때 비토리아의 집에도 하숙하는 외국인 대학생들이 많았다고 한다. 비토리아는 볼로냐에서 나고 자란 토박이로, 그런 외국인 학생들을 보며 지낸 어린 시절이 좋은 기억으로 남았고, 키아라에게도 같은 환경을 선사하고 싶다고 했다. 볼로냐는 이탈리아 내륙의 작은 도시지만, 세계는 넓고 다양한 사람들이 있다는 것을 아이가 알고 느끼며 자랐으면 좋겠다는 것이다. 그러면서 비토리아는 말했다. "나는 내가 세계시민이라는 생각으로 살고 있거든."

두 번째 정보는 조금 놀라웠다. 비토리아는 불교신자였다. 그것도 20년 동안 믿음을 유지한 아주 진지한 신자라고 했다(이탈리아에서 채식하는 불교신자의 집에서 홈스테이하게 될 확률은 얼마나 될까?).

"그래서 채식을 하는 거야?"라는 질문에 비토리아는 끄덕이면서 말했다. "몇 년 전부터 채식하려고 최대한 노력 중이야." 가톨릭의 성지 이탈리아에도 절이 있고 중국, 일본, 네팔에서 온 승려들도 있어서 비토리아는 정기적으로 절에 다니며 가르침을 받고 있다고 했다. 15년 전 결혼식도 가톨릭식으로 한 번, 불교식으로 한 번 했다고 한다. 이후 나는 그 집의 곳곳에서 셀 수도 없이 많은 부처님 그림과 부처상을 마주치게 된다. 그날 저녁식사 메뉴의 비밀도 거기에 있었다. 내가 아시아인이라는 정보를 듣고 비토리아는 내가 불교신자일 수도 있다고 생각했고(어쩌면 불교신자이길 바랐을지도), 혹시 채식을 할 수도 있다는 가능성을 생각해 가장 안전하고 자연적이고 슴슴한 맛의 음식을 만들어 냈던 것이다.

그 밤, 식사를 마치고 방으로 들어와 침대에 누우니 온몸이 쑤시면서 "아이고오" 하는 신음소리가 터져 나왔다. 천장을 보는데 뭔가 꿈을 꾸는 것 같았다. 홈스테이는 퇴직 나이의 독신 여성이 운영할 것으로 생각했던, 또한 이탈리아 중년의 여성이라면 응당 토마토 라구소스나 고기 요리를 풍성하게 접시에 올려 줄 거라고 짐작했던 나의 상상력은 얼마나 편견으로 가득 찬 것인가.

비토리아 가족들이 창고로 쓰던 공간에 누워 있다고 생각하니 부잣집에 들어온 오페어가 된 기분도 들고, 하숙하는 대학생이 된 것 같은 기분도 들었다. 비토리아와 마테오는 모두 좋은 사람들 같았고 대화도 흥미로웠지만, 다만 한 가지 스트레스가 마음을 조여 왔다. 이렇게 계속 영어를 쓰면 안 되는데. 내일은 꼭, 더 많은 이탈리아어를 해야지…… ZZZ.

리옹과 볼로냐

un viaggio nella memoria
기억 속으로의 여행

스무 살 무렵 프랑스 중부 도시 리옹에 도착했을 때 나는 프랑스어로 단어 몇 개를 간신히 읽고 쓸 줄만 아는 상태였다. 볼로냐에서는 이탈리아어로 간단한 대화 정도는 나눌 수 있는 수준이니, 당시의 내 프랑스어는 이보다도 못했던 셈이다. 리옹에서 나의 목표는 오로지 한 가지였다. 이듬해에 프랑스 대학 영화과에 들어간다는 것. 지금 돌아보면 프랑스어를 배운 지 1년도 되지 않은 채로 대학에 들어갈 생각을 했다니 놀랍다. 어찌어찌 대학만 들어가면 공부가 가능할 거라고, 나는 정말 생각했던가. 충분히 어학 실력을 기른 후에 학교에 들어갔다면 이후에 조금 덜 힘들었을 텐데 싶지만, 나는 어렸고 당시에는 그게 최선이었다. 한국에서 다니던 대학을 내려놓고 프랑스에 유학까지 왔는데, 나의 최종학력이 고졸이 될 수도 있다는 사실을 떠올리면 아찔했다.

이듬해 대학에 들어간다는 말은, 최소한 중급 이상의 프랑스어 공인인증시험(DELF, DALF)에 합격해야 한다는 말이다. 당시 어학연수를 온 많은 불문과 학생들이 이 시험을 목표로 하고 있었다. 내 앞에는 약 10개월의 시간이 남아 있었다.

다행인지 불행인지 나는 한국의 입시제도에서 탈출한 지 얼마 되지 않은 상태로, 시험 맞춤형 공부법을 몸으로 기억하고 있었다. 재빠르게 다시 입시생이 되어 한 시간 단위의 계획표와 나만의 진도표를 만들었고, 어학원 수업과는 별도로 문법 노트와 단어 노트를 정리해 온종일 도서관에 앉아 연습장에 빼곡이 적어 가며 외웠다. 저녁에 기숙사에 들어와서는 밤늦도록 라디오를 들었다. 프랑스의 심야 라디오는 다정하고 따뜻한 한국의 심야 라디오 같지 않았다. 마이클 잭슨이 '미카엘 작손'으로, 머라이어 캐리가 '마리아 카레'로 불리는 걸 듣고 있노라면 자꾸 외로워졌지만, 듣기 능력이 조금이라도 나아지길 바라며 잠들 때까지 틀어 두었다. 당시 내 책상 앞에는 '나를 절망의 바닥 끝까지 떨어지게 하소서'로 시작하는 신해철의 노래 가사가 붙어 있었다. 더 강해져야 한다고 다짐하며 스스로를 몰아치는 날들이었다.

한국의 입시생처럼 공부하면 전문적인 영역이 아닌 이상 못 할 일이 별로 없을 것이다. 나는 "내 이름은 ○○○입니다"를 배우는 기초반에서 시작해 급속히 월반을 거듭했다. 월반하지 못한 달에는 불안감을 느꼈다. 기숙생 대부분이 어학연수생이던 기숙사에서 한국인이나 다른 아시아계 외국인들은 만나면 제일 먼저 "프랑스어 배운 지 얼마나 되셨어요? 지금 무슨 반이세요?" 같은 질문을 주고받았다. 나는 상대방의 프랑스어 실력과 학습 기간을 견줘 보고, 나보다 빠른 편인지 아닌지 의미 없는 비교를 하고는 안심하거나 괴로워했다. 프랑스어는 점점 나를 옥죄는 강박이 되었다.

그해 여름 어학원에는 방학을 맞아 미국 고등학생들이 단체로 연수를 왔다. 다양한 교수법의 프랑스어 수업 몇 가지가 추가로 개설됐고, 그중 하나가 토요일 오후의 연극 수업이었다. 프랑스인 연극배우 선생님이 직접 지도하는 수업이었다. 여러 상황을 설정해 직접 대화하며 프랑스어를 자연스럽게 익히는 게 수업 목표였는데, 영화를 공부하러 온 내게 꽤 매력적인 기회였으나 더듬더듬한 프랑스어가 걸림돌이 됐다. 프랑스어를 잘 못해도 어떻게든 자기표현을 해내는 미국 고등학생들 사이에서 눈만 끔뻑이며 앉아 있다가 이 시간에 차라리 단어를 외우는 게 낫겠다는 생각이 들기까지 얼마 걸리지 않았다.

어느 날 연극배우인 선생님이 무대 위에서 각자의 주제로 즉흥연기를 해 보게 시켰는데, 그날따라 무슨 조화인지 이상하게 말이 술술 나왔다. 애드립 같은 농담들이 툭툭 터져 나와 같이 무대에 있던 미국 아이들이 배를 잡고 웃는 그 순간에도, 내가 갑자기 왜 이러는 건지 나조차 어리둥절했던 기억이 난다. 조용하고 시큰둥하던 동양 아이의 갑작스러운 도발에 깜짝 놀라 박수를 치고 달려와 호들갑스럽게 허그까지 하던 미국 고등학생들의 표정이 생생하다.

그날 이후 연극배우 선생님이 내게 관심을 기울이기 시작했다. 선생님은 이런저런 대본의 일부를 가져다주고 읽어 보라고 했고, 언제 연기를 한 적이 있냐고 몇 번을 물었으며, 동료인 다른 반 연극배우 선생님들에게도 나를 소개시켰다. 돌아보는 지금, 프랑스의 연극배우들과 친해질 수 있는 기회를 놓아 버린 것이 참 아깝다. 당시 나는 그날의 무대

위 폭주가 아무 의미 없는 우연임을, 나는 선생님이 혹시나 하며 의심하는 그런 재능의 주인공이 절대 아님을 잘 알고 있었다. 그래서 선생님의 관심이 부담스러웠고, 조금씩 연극 수업에서 멀어졌다. 내가 배우가 될 일은 절대 없다는 그 생각에는 변함이 없지만, 그때 나는 왜 그런 귀한 인연과 기회를, 그 나이에만 누릴 수 있는 즐거움들을 차단하고 책상 앞에만 앉아 끙끙거렸던가. 나의 어리석음에 혀를 찬다.

갈수록 나는 혼자가 됐다. 도서관에 다니며 친해졌던 어학연수생 언니들이 모두 파리로 떠난 후에는 더욱 그랬다. 나는 지금도 거리에서 혼잣말하는 사람들을 보면 다 알 것 같은 기분이 든다. 나의 프랑스어는 물건을 사고, 커피를 주문하고, 각종 행정 일을 진행할 때 외에는 별다른 쓰임 없이 머릿속에서만 쌓여 갔다. 프랑스어 실력은 느는데 프랑스어를 쓸 일은 없는 고립이 계속됐다. 이대로라면 무너져 내리겠다는 생각이 들 무렵, 파리의 대학에서 입학허가를 받았다.

20년이 지나도록 한 번도 내 발로 리옹을 찾지 않았다. 딱 한 번, 방송국 일을 하던 시절, 취재차 출장을 가서 반나절을 보낸 적이 있다. 리옹을 떠난 지 10년쯤 된 시점이었는데 그때 다시 본 도시는 기억과 너무 달랐다. 그토록 예쁘고 아늑한 도시였음을 어학연수 시절에는 몰랐다. 어디에 살았어도 마찬가지일 일상을 살았으니까. 지금도 TV를 보다가, 혹은 사람들과 이야기를 하다가 리옹이 등장하면 만감이 교차한다. 쓸쓸하기도 하고, 부끄럽기도 하고, 아쉽기도 한 마음들이 한꺼번에 밀려와서 말문이 막힌다.

그래서였을까? 스무 살의 어학연수를 돌아보는 마음이 두고두고 좋지 않아서? 어쩌면 어학연수의 경험을 덧칠하고 싶었나 보다. 앞으로 내게는 반드시 합격해야 할 시험도, 미래를 바꾸어 놓을 중요한 도전도 없고, 멀리서 생활비를 벌어 보내는 누군가의 헌신에 잠 못 이룰 일도 없을 테니까. 이제는 잘할 수 있을 것 같았다. 외국어 공부의 진정한 의미대로, 다른 언어의 사람들을 더 가까이 들여다보고, 소통하고, 생각을 나누는 즐거움에만 취해 볼 수 있을 것 같았다. 비록 2주지만, 그래서 나는 다시 어학연수를 해 보고 싶었나 보다.

볼로냐 어학원 사람들

오늘의 이탈리아어

imparare l'arte del gelato
젤라토 기술을 배우다

아침식사 시간은 7시였다. 마테오는 출근 준비로, 재택근무를 하는 비토리아는 키아라의 등교 준비로 일찍 일어나야 한다고 했다. 평소 5시 반쯤 커피를 마시고 하루를 시작하는 나로서는 늦은 감이 있었으나, 파리에서와는 비교가 안 되는 긴장으로 하루하루를 보내다 보니 적당한 시간으로 여겨지는 데 며칠 걸리지 않았다.

6시쯤 일어나 씻고 7시에 그들의 공간으로 넘어가면, 아침의 고요 속에서 마테오가 모카포트 두 개로 커피를 만들고 있다. 작은 포트에는 내 커피가 담겨 있고, 중간 사이즈 포트는 그들의 디카페인 커피다. 그들은 카페인 때문에 커피를 마시지 않게 됐지만 커피 향은 느끼고 싶어 아침에 디카페인을 한 잔 마신다고 했다. 마테오와 두런두런 "잘 잤냐", "어젯밤에 너무 많이 먹었다", "오늘도 비가 온다" 같은, 내 이탈리아어 수준에 맞는 스몰토크를 나누고 있으면, 키아라를 깨우는 비토리아의 목소리가 들린다. 지난밤에 함께 식사했던 우리 네 사람이 같은 자리에 다시 모여 빵과 요거트를 먹고 커피를 마신다. 이렇게 여러 사람들과 같은 집에서 살며 아침, 저녁 식사를 함께하는 것이 얼마 만인지. 대화의 주제는 주로 일곱 살 키아라에 맞춰져 있다. 이탈리아 초등학생의 삶이 궁금해 이런저런 질문을 하며 웃다 보면 어느새 7시 30분이다. 나는 서둘러 "Buona giornata(좋은 하루)"를 기원하고 방으로 간다. 어학원 수업 내용을 복습하고 정리하다 보면 현관에서 비토리아와 키아라, 마테오가 차례로 내게 "차오!" 외치고 나가는 소리가 들린다. 우리 각자의 하루가 시작된다.

어학원은 볼로냐시의 중심이라 할 수 있는 마조레 광장에서 도보로 5분 거리에 있었다. 홈스테이 집에서 걸어가면 20분쯤 걸리는 거리였는데, 기울어진 탑과 미완성 두오모, 넵투누스 분수 등 볼로냐에서 가장 유명한 관광명소들이 그 길에 있었다. 월요일 아침 출근하는 시민들, 등교하는 학생들 사이에 섞여 낯선 도시를 걷는데 기분이 묘했다. 아름답지만 생경한 이 도시의 어딘가에 벌써 나를 알고 기다리는 사람들이 있다는 사실과 내게 할 일이 있다는 사실, 또 그 할 일이라는 게 오로지 즐거움으로 선택한 이탈리아어 공부라는 사실이 그제야 실감이 나 웃음이 새어 나왔다.

모든 일이 아직 시작되지도 않은 그 월요일 아침부터 예감했다. 나는 참으로 괜찮은 일을 저질렀고, 두고두고 뿌듯해할 어떤 일을 막 시작한 것임을. 어제까지 나를 지배하던 직장인으로서의 자아는, 특별히 다짐한 것도 아닌데 어느덧 저 뒤 어둠 속으로 조용히 물러나 있었다.

수업은 9시에 시작하지만 8시 30분쯤 도착해 행정 담당 직원과 인사를 나누고 반과 교실을 배정받았다. 몇 주 전 일요일 아침, 우렁찬 "본조르노"로 우리 집 고양이의 단잠을 깨웠던 세라피나 선생님과도 악수를 나눴다. 실제로 보니 과연 교장 선생님 같은 카리스마가 후광으로 빛나는 사람이었다.

반은 왕초보반, 초급반, 중급반, 고급반이 있었는데, 나는 초급반에 소속됐다. 문법 시험 결과 중급반으로 배정됐었지만 구술시험으로 초급반으로 내려간 모양이었다. 중급반에서 버벅거리다가 초급반으로 끌려 내려가는 일은 없을 테니 다행이었다. 사실, 고민 끝에 일대일 수업이 아닌 그룹 반을 신청했을 땐 나름대로 계산이 있었다. 피렌체에서 어학 수업을 받았던 험프리에게서 그룹반 수강생이 자기 혼자뿐이라 운 좋게 일대일 수업을 받고 왔다는 말을 들었기 때문이다. 연초부터 이탈리아어를 배우려고 볼로냐까지 온 사람들이 얼마나 되겠어, 많아야 한두 명이겠지, 기대했다. 그러나 나의 계산은 맞는 법이 없다. 네 개 반 중 두 번째인 초급반에 제일 많은 학생의 이름이 올라가 있었다.

교실에 들어가니 내가 늘 선호하는 칠판 정면 앞자리에 백발의 서양인 할아버지가 앉아 있었다. 내가 좋아하는 프랑스 정치인 리오넬 조스팽Lionel Jospin을 닮아 우선 호감이 갔다. "본조르노" 인사를 주고받고 잠시 고민하다가 그의 옆자리에 앉았다. 둘이 나란히 어색하게 앉아 몇 분이 흘렀을까. 누군가 명랑하게 "차오" 소리치며 들어온다. 남유럽 출신일 것 같은 풍성한 곱슬머리의 젊은 청년이 왼쪽 사이드에 앉으며 내 옆의 할아버지에게 영어로 말을 걸었다. "어제 진짜 맛있는 식당을 발견했어요." 액센트로 보아 미국인이다. 옆자리 할아버지가 반갑게 "아, 그래요?" 하며 반응하자 식당 이름을 이야기하며 어디쯤인지, 무엇을 먹었는지 대강 설명했다. 그리고 할아버지가 무슨 말인가를 했는데, 나만 못 알아들은 건 아닌가 보았다. 청년이 "쏘리?" 하며 몇 번을 되묻다가 어색한 침묵이 돌았다. 예상치 못한 전개다. 이 할아버지는 분명 유창한 영어를 하고 있는데, 나야 그렇다 치고 왜 미국인은 이해를 못 하는 거지? 청년이 할아버지에게 불쑥 물었다. "호주 어디에서 오셨어요?" 아, 호주 사람이었군! 할아버지가 "시드니"라고 대답하자 청년이 웃으면서 농담처럼 말한다. "호주 내에서도 액센트가 더 센 지역이 있지요? 막 못 알아들을 정도로 액센트가 강한 지역이 있다고 그러잖아요." 할아버지의 액센트를 지칭하는 건가 싶어 왠지 무례하다는 생각이 드는데, 할아버지가 별스럽지 않게 호주의 시골을 이야기하며 그곳 사람들의 말은 호주 내에서도 잘 알아듣기가 힘들다고 말한다. 그사이 사람들이 하나둘씩 "Ciao a tutti(모두 안녕)!" 하며 들어왔다.

나까지 여덟 명. 교실이 가득 찼다. 놀라울 만큼 나이도, 풍기는 분위기도, 짐작되는 출신지도 다 제각각으로 보였다. 이들은 왜 이 이탈리아에서도 중소도시에 속하는 볼로냐에, 그것도 1년 중 제일 추운 1월의 월요일 아침에 굳이 이탈리아어를 배우러 나와 있게 된 걸까? 젊고 마른 여자 선생님이 들어와 나를 보더니 "새로운 학생이 있군요!" 하며 반갑게 소리쳤다. 호기심으로 가득한 모두의 시선 아래,

나는 앞으로 한 주 동안 수도 없이 하게 될 말 "Mi chiamo Misung, sono coreana"로 시작하는, 한국인이고 파리에 20년이 넘도록 살고 있다는 이야기와 이탈리아어가 좋아서 휴가를 내고 잠시 배우러 왔다고, 더듬거리는 이탈리아어로 이야기했다. 그리고 선생님의 배려로(그들은 이미 서로를 잘 알고 있을 것이므로) 너무나 궁금했던 모두의 자기소개를 들었다.

우선 나를 제외한 유일한 여성이 있었는데, 이름은 카를라였고, 중국인이라고 했다. 내 눈에는 어학원이 아닌 중학교나 고등학교에 있어야 할 청소년으로 보였는데, 어떤 연유로 카를라라는 이탈리아 이름을 쓰고 있으며, 월요일 아침부터 이 나이 많은 사람들과 초급반 수업을 듣고 있는 건지 궁금함이 피어올랐지만, 물어볼 수 없었다. 그녀가 최소한의 할 말을 마치자마자 하품을 한 번 크게 하더니 눈을 감고는 다시 뜨지 않았으므로. 카를라에 대해서는 지금도 눈을 뜬 모습보다 눈을 감고 있는 모습이 더 생생하게 떠오른다. 이후로도 자신에게 질문이 떨어지면 모두가 다 보고 있어도 대답하지 않거나 그냥 눈을 감아 버리는 일이 많았기 때문이다. 그 모습이 마치 사춘기 중학생 같았고, 선생님들은 익숙한 것 같았으며, 나도 어느새 익숙해졌다. 나중에 다른 이에게 들은 바에 따르면, 그녀는 11년 전부터 볼로냐에 살고 있다. 이 소식을 듣자마자 즉각적으로 '그런데 왜 어학원 초급반에?' 하는 의문으로 머릿속이 아주 복잡해졌는데, 그 질문에 대한 답이 될 사연들 때문에 그녀는 자주 눈을 감아 버렸는지도 모르겠다.

프랑스어를 배울 때는 어느 반에 들어가도 여성의 비율이 압도적으로 많았던 반면, 이탈리아어는 남성의 비율이 늘 높은데 그 이유를 여전히 모르겠다. 파리에서의 수업을 포함해 적어도 내가 속한 반에서는 매번 내가 유일하거나 소수인 여성 중 하나다. 카를라와 나를 제외한 여섯 명의 남학생은 다섯 명은 서양인, 한 명은 동양인이었다.

선생님이 "킴"을 호명해 한국인이 있나 했더니, 옆자리 호주 할아버지였다. 할아버지는 영어 액센트가 아주 강한 이탈리아어를 나보다도 느리게 구사했는데, 3주 일정으로 온 이 어학원에서 2주째 이탈리아어 수업을 듣고 있다고 했다. 왜 이탈리아어를 배우냐는 질문에 그 역시 나처럼 "이탈리아 문화가 좋아서"라고 짧게 대답했는데, 그제야 왜 사람들이 내가 그렇게 대답할 때마다 시원치 않은 알쏭달쏭한 표정을 지었는지 알 것 같았다. '그저 이탈리아 문화가 좋아서, 그 연세에, 시드니에서 볼로냐 어학원까지 오셨다고요?' 같은 질문이 바로 머릿속에 떠올랐으니까.

호주 할아버지의 옆자리에는 창백한 얼굴에 가지런히 일자로 자른 붉은 머리가 인상적인, 젊어 보이지만 표정이 거의 없어 나이대를 짐작할 수 없는 깡마른 남자가 있었다. "나는 러시아에서 온 디미트리입니다. 반갑습니다"라고 느릿느릿 말했는데, 허스키한 목소리에 우수에 찬 눈빛이 어우러져 진한 슬픔이 느껴졌다. 순간 이탈리아어가 이렇게 비극적으로 들릴 수도 있구나, 하는 깨달음에 탄성이 나올 정도였다. 이탈리아 사람이 "어제 저희 어머니가 돌아가셨습니다"를 말해도 이보다 슬프게 들릴 것 같지 않았다. 디미트리는 개인적인 이야기를 거의 하지 않았고, 나는 여전히 그(와 그의 슬픔)에 대해 잘 알지 못한다.

동양인 남자는 일본인이었다. 30대로 보였는데, 볼로냐 종합병원에서 일하는 의사라고 했다. 나보다는 훨씬 낫지만 그래도 초급 이탈리아어를 구사하는 일본인 의사가 왜 볼로냐에서, 어떻게 일을 하는 걸까? 볼로냐도 프랑스 시골들이 그렇듯이 의료 인력난으로 해외에서 의사들을 데려오는 걸까? 그 사연이 궁금해 나중에 꼭 물어보고 싶었는데, 병원 일로 바빠 수업에 자주 빠지는 그를 보기가 힘들었다. 세상에는 얼마나 다양한 삶들이 다양한 방식으로 펼쳐지고 있는가!

　여기까지가 나를 포함해 선생님이 질문하면 성실하게 대답하지만 필요 이상의 말은 하지 않는 '과묵한 그룹'이라면, 나머지 세 명은 '수다 그룹'에 속한다. 선생님의 "어제 수업 끝나고 뭐 했나요?" 같은 간단한 질문에 우리 과묵파들이 "어제는 비가 와서 집에서 쉬었어요" 혹은 "산책했어요" 같이 수줍게 대답해 선생님으로 하여금 끊임없이 질문하도록 만든다면, 그들은 마치 기다렸다는 듯이 시간대별로 그 전날 저녁에 갔던 식당의 분위기부터 메뉴, 안티파스티부터 디저트까지의 소감, 옆자리 사람들 분위기를 줄줄 이야기하고 이후 집에 가서 본 영화까지 이야기하는, 그리하여 시계를 힐끔거리던 선생님이 수업을 시작하기 위해 적당히 화제를 돌리게 만드는 사람들이다. 그들은 모두 영미권에서 왔다는 공통점이 있다.

　젊은 시절의 브래드 피트를 떠올리게 하는 금발의 20대 청년 션은 영국에서 왔다고 했다. 나는 그를 보자마자 첫눈에 이 반의 최고 수다쟁이라는 것을 알았다. 금발 서양인 남자가 젊음으로 빛나는 20대일 때 그의 자신감은 100미터 밖에서도 느껴지고, 그 자신감은 이 시대에 태어난 그의 운명이라고도 할 수 있다. 세상은 이 20대의 브래드 피트에게 성공한 아들을 바라보는 어머니의 흐뭇한 눈빛을 던지기 마련이고, 그들은 그 '사랑'이 매일 입는 잠옷처럼 편하고 익숙할 테니까. 그는 볼로냐에서 영어를 가르치고 있다고 했다. 선생님에게 같은 외국어 교사로서의 고충을 이해하고 나누는 말을 자주 했는데, 자신이 다른 이의 발언 시간을 빼앗아 선생님에게 고충을 안겨 주고 있음은 모르는 것 같았다.

샌프란시스코에서 왔다는 마르코는 아마도 호주 할아버지 다음으로 연장자일 것이었다. 소프트웨어 디자이너였다가 퇴직 후 볼로냐에 산 지 1년쯤 됐다고 했다. 퇴직 후 연금으로 다른 나라에 살며 언어를 배우는 삶은 상상에서나 가능한 줄 알았는데, 그걸 하고 있는 사람이 눈앞에 있었다. 핑크색 셔츠를 즐겨 입는 그의 얼굴은 늘 즐거움으로 빛이 났다. 그와의 대화를 통해 나는 볼로냐에서 이루어지는 다양한 공연과 전시, 좋은 식당과 와인을 알게 됐다. 그는 친절했고, 사람들을 배려했으며, 누구보다 성실하게 숙제를 하고, 열심히 이탈리아어를 배웠다. 이상하게 나는 그를 볼 때마다 영화 〈라라랜드〉를 떠올렸는데, 그의 삶이 마치 한 편의 뮤지컬 영화처럼 예쁘고 이상적이지만 비현실적으로 느껴졌기 때문인 것 같다. 세상에는 이런 삶도 있는 것이다, 내 것 같지는 않지만 보기만 해도 기분이 좋은.

수업 시작 전 호주 할아버지와 소통의 문제를 겪었던 청년 조제는 보스턴에서 왔고, 브라질 출신이라고 했다. 그가 볼로냐에 젤라토를 배우러 왔다고 했을 때 탄성을 지른 사람은 나뿐만이 아니었다. 선생님도 "오 그래요?" 하더니 "볼로냐에 아주 유명한 젤라토 학교가 있지요" 했다. 젤라토라니! 왠지 모르게 갑자기 즐거워진 것은 브라질 해변에서 젤라토를 먹는 장면을 상상해서일까? 나는 그 순간 진심으로 이 상황이 아름답다고 생각했다. 세상에는 젤라토가 너무 좋아서 한겨울에 지구 반 바퀴를 날아와 초급 이탈리아어를 배우는 청년이 있는 것이다. 그리고 나는 젤라토에 진심인, 보스턴에 사는 브라질 청년을 볼로냐에서 만난 것이다. 경이롭지 않은가.

누구 하나 닮은꼴이 없는, 국적도 다 다른 여덟 명의 사람들이 새해가 시작된 지 얼마 되지 않은 2023년 1월의 월요일 아침 볼로냐의 이탈리아어 초급반 교실에 모여 앉아 있었다. 그 한 주 동안 우리는 함께 반과거 문법을 공부할 것이고, 반과거 문장을 만들기 위해 각자 과거의 습관과 추억, 좋아하는 영화와 음악을 이야기할 것이다. 각자 생각하는 이탈리아를, 출신 나라를, 그 나라에 대한 오해를 이야기하게 될 것이다. 또한 나는 매일 아침 10시 반이 되면, 어학원 옆 건물의 지하에서 카푸치노를 마시며 더듬더듬한 이탈리아어로 다른 반에서 이탈리아어를 배우는 사람들과 일상을 나누게 될 것이고, 이들 중 누군가와 어느 오후 함께 비를 맞고 도시를 걸으며 더 많은 기억을 만들게 될 것이다. 그리하여 작은 변화에도 큰일 날 것처럼 벌벌 떨며 하루하루 좁아지는 세계관으로 살던 소심한 직장인은, 그 한 주의 끝에서 사는 게 이렇게 희망차게 느껴질 때도 있군, 하고 생각하게 될 것이다. 우리는 생각보다 다양한 방식으로 어디서든 살아갈 수 있으며, 세상은 선하고 흥미로운 사람들로 가득 차 있다는 믿음이 그 한 주간 차곡차곡 마음에 쌓일 것이므로.

굴욕과 자괴감의 시간

오늘의 이탈리아어

Che brutta figura!
이런 망신이 있나!

어학원과 홈스테이 사람들은 나를 따뜻하게 맞아 주었고, 각각의 개성으로 나를 매료시켰으며, 볼로냐는 대학도시답게 활력이 넘쳤다. 걱정했던 모든 것이 기대 이상으로 좋았다. 그러나 얼마 지나지 않아 우울감이 슬금슬금 덮쳐 왔다. 프랑스어 어학연수 경험이 있는 나는 어학연수 기간이 정신적으로 힘든 이유를 알고 있다. 그 시기에는 매일매일 오로지 어학 실력만 생각하게 된다. 외국어 실력은 매일같이 확인할 수도 없을뿐더러 드라마틱하게 늘지도 않으니 집착하면 할수록 절망스럽기 마련이다.

오래갈 것도 없이 월요일 점심부터 자괴감이 시작됐다.

첫 수업 후 혼자 간 피아디나 가게, 라 투아 피아디나La Tua Piadina에서였다.

　피아디나piadina는 프랑스의 크레프crêpe와 같이 얇은 밀전병 위에 프로슈토, 치즈, 채소 등을 올려 둘둘 말아먹는 볼로냐의 전통음식이다. 라 투아 피아디나는 홈스테이 호스트 비토리아가 추천해 준 맛집이었다. 비까지 내려 인적 없는 주택가의 길고 긴 골목 한가운데 덩그라니 위치해 조용한 점심을 기대하고 문을 열자 웬걸, 내부가 시끌시끌했다. 여섯 명쯤 앉을 수 있는 긴 테이블 하나가 다인 아주 작은 공간에 열다섯 명쯤 되는 사람들이 줄 서 있었다. 얼마나 맛집이길래 이 정도인가 싶어 무작정 줄을 서서 가만히 지켜보니, 벽에 붙은 칠판에 빽빽하게 50개 정도의 피아디나 이름들이 쓰여 있었고 손님은 대부분 대학생이었다. 50대로 보이는 남자 한 명이 주문을 받고, 주방에 주문서를 전달하고, 음식이 만들어지면 테이블에 서빙도 하고, 계산도 하고, 테이블 정리도 하고, 때로 식당 밖에서 대기 중인 우버 배달원에게 음식을 전달하는 역할까지 모두 혼자서 하고 있었다. 칠판 메뉴를 정독하며 20분쯤 기다렸을까. 드디어 내 차례가 됐다. 갑자기 아시아인이 등장하자 살짝 당황한 듯한 아저씨가 인사했다.

"차오."

아직 '차오'라는 인사가 입에 붙지 않은 나는 정중하게 "본조르노" 하고는 10분이 넘도록 머릿속에서 되뇌었던 "Una piadina piccante con scamorza(스카모르차 치즈가 들어간 매운맛 피아디나 한 개)"를 "페르 파보레" 하며 예의 있게 주문했다. 하루 중 가장 바쁜 시간을 살고 있음에도 마음씨 착한 아저씨는 참을성 있게 나의 더듬더듬한 주문을 다 듣고서 사무적으로 뭔가를 물었다. 그리고 맹한 내 표정을 보더니, 뭔가를 마시는 시늉을 했다. 그러고 보니 음료라는 의미의 베반다(bevanda)라는 단어를 들었던 것 같아, 나는 "Una bottiglia dell'aqua" 하며 물 한 병을 주문했다. 아저씨는 고개를 끄덕이며 종이에 적고는 또 뭔가를 물었다. 순서로 보아 여기서 먹고 갈 거냐, 테이크아웃을 할 거냐를 묻는 것 같았다. 나는 서둘러 "Qui, qui(여기, 여기서요)"를 외쳤는데, 아저씨가 알았으니 그만하라는 표정으로 카드 기계를 집어들었다. "카르타?" 하면서. 그제야 아저씨가 물은 것은 영원히 미제로 남을 다른 것이었음을 깨달았다.

6인용 테이블의 끄트머리에 앉아 머리를 쥐어뜯고 싶던 그 오후를 잊을 수 없다. 그래도 매운 프로슈토가 들어간 피아디나는 소문대로 눈물 나게 맛있었고, 울고 싶은 내 마음을 읽었는지, 우연히 비어 있는 냅킨 통을 본 건지, 사람이 뜸한 틈에 다가와 말없이 냅킨 한 뭉치를 놓아 주고 간 카운터 아저씨에 대한 고마움으로, 첫날부터 너무 절망하지는 않으려고 마음을 추스렸다. '그래, 여기 너무 시끄러워서 그런 거야' 하면서.

불행히도 피아디나 맛집에서의 버벅거림은 시작에 불과했다. 피아디나를 먹고 오후에 잠시 들른 카페에서도, 빵집에서도, 슈퍼에서도 매번 같은 패턴이 반복됐다. 내가 더듬더듬한 이탈리아어로 용건을 밝히면, 볼로냐 사람들은 대부분 '기특해라, 이탈리아어를 배웠군!' 하는 반가운 표정으로 참을성 있게 들어 주고, 이에 응답해 이탈리아어로 내게 무언가를 물었다. 그 말을 용케 알아듣고 단답형이나마 이탈리아어로 대답했다면 하늘로 날아갈 듯 기뻤겠으나, 대부분 두 문장 이상 주고받기도 전에 모르는 단어가 등장하기 마련이었다. 문제는 그때의 내 자세였다. 어떤 단어는 모를 수도 있고, 혹은 그때 마침 옆길로 경찰차가 사이렌을 울리며 지나가 못 들었을 수도 있는데, 그럴 때마다 나는 고장난 기계처럼 버벅거리며 눈만 껌뻑거렸다. 모르면 우선 "스쿠지?" 혹은 "프레고?" 같은 말로 되물어야 할 게 아닌가. 한시가 바쁜 내 앞의 이탈리아인들은 나를 오래 기다려 줄

여유가 없었고, 본격적으로 영어를 시작했다. 나는 이탈리아어로도 할 수 있는 많은 말들을 영어로 하고 나와 한숨만 푹푹 쉬었다.

홈스테이 가족들과의 저녁 시간도 활활 타오르는 나의 자괴감에 기름을 들이부었다. 비토리아와 마테오는 내가 그 집에 머무는 이유가 이탈리아어 때문임을 자주 상기하는 것 같았고, 그리하여 원활하지는 않더라도 최대한 이탈리아어를 쓰려고 노력해 주었다. 다만, 어학원 선생님의 이탈리아어는 귀에 쏙쏙 들어오는데, 이들의 이탈리아어는 왜 그리도 귓가를 스치기만 하는지. 하루의 끝에서 최대한 집중력을 끌어올리다 보면, 어느 순간 피곤이 극에 달해 뇌의 운동이 정지하는 것 같았다. 머릿속이 전체적으로 방전 상태에 돌입한달까.

이탈리아 부부의 일상적인 언어가 초보 수준의 내게 쏙쏙 들리지 않는 것은 어쩌면 당연한 일일 수 있다. 그들이 초급반 이탈리아어의 단어와 문법 수준을 알 리 없고, 각각 기자와 건축가인 그들에게 익숙한 단어들과 빠르기로 말하고 있을 테니까. 솔직히 말하자면 나는 일곱 살 키아라와의 대화도 쉽지 않다는 데서 자주 절망했다. 영어를 하지 못하는 키아라는 어른들의 대화에 쉽게 지루해하며 자주 식탁을 뜨고 싶어 했는데, 부모의 엄격한 식탁예절에 따라(프랑스처럼 이탈리아에서도 아이들의 식탁예절 교육은 엄격한 듯했다) 남아 있어야 했고, 내 정면에 앉아 지루해하는 아이와 눈이 마주치면 왠지 모를 미안함과 부담감이 솟아올랐다. 그럴 때마다 키아라에게 의무감으로 이탈리아어로 뭐라도 이야기했지만, 아이의 대답을 내가 다 이해하지 못했다.

유독 춥고 비가 많이 내린 저녁이었다. 8시로 정해진 저녁 식사 전에 일찌감치 들어와 숙제하고 있었는데, 그들의 공간인 벽 너머에서 비토리아가 큰 소리로 외치는 소리가 들렸다. "nevica(눈)"라는 말이 들리는 걸로 보아 눈이 온다는 것 같았다. 올해의 첫눈이자, 볼로냐에서 처음 보내는 눈 오는 밤이었다. 신이 나서 그들의 공간으로 건너가니, 거실 테이블에 키아라와 비토리아가 나란히 앉아 숙제를 하다가 창밖을 보고 있었다. 함께 창밖으로 눈 내리는 풍경을 보면서 이때 할 수 있는 이탈리아어를 열심히 생각했지만 별수 없었다. 아름답다는 의미의 "벨리시모!", "벨로"만 반복하다가, 거실에 진열된 그들의 결혼사진과 가족사진, 키아라가 그린 그림들을 보았다. 실로 놀라운 것들이 많았다. 서른 살 초반으로 보이는 비토리아와 마테오가 동남아인으로 보이는 승려와 함께 불교 복장을 하고 결혼식을 하는 사진도 있었고, 젊은 그들의 남미 배낭여행 사진도 있었으며, 갓난아기인 키아라의 사진과 아이의 것으로 보기엔 너무나 창의적인 키아라의 그림들이 있었다. 벽에는 또한 커다란 유화들이 걸려 있었는데, 뜻밖에도 마테오의 작품들이라고 했다.

이런 것들을 보며 내가 이탈리아어로 할 수 있는 말이 무엇이겠는가. 그저 끊임없이 "벨로! 벨로!"를 외치는 수밖에. 말하면서도 '아니, 할 수 있는 말이 진정 이것뿐인가' 하는 생각이 들었는데, 한번 시작하니 멈출 수가 없었다. 왜 나는 프레디 머큐리가 꾀꼬리처럼 외치던 "magnifico(멋진, 아름다운)" 같은 말은 생각하지 못할까? 스스로도 멋쩍어지던 그때 나는 들었다. 노트에 고개를 박고 숙제를 하던 키아라가 나의 억양을 흉내 내며 앵무새처럼 "벨로! 벨로!"라고 하는 것을. 소심한 나는 괜히 얼굴이 화끈거려 서둘러 방으로 돌아갔다.

얼마 후 퇴근한 마테오와 다 같이 저녁식사를 하는 중이었다. 비토리아가 갑자기 생각났다는 듯 이탈리아어로 말했다. "키아라가 네가 언제 떠나냐고 계속 물어봐." 나는 순간 스치는 서운한 마음이 드러날까 조심하며 말했다. "이제 며칠 있으면 가는데. 조금만 기다려." 그러자 몇 초간 침묵이 이어졌다. 비토리아가 당황한 듯 다시 말했다. "아니, 그 말이 아니고. 네가 가는 게 싫어서, 왜 꼭 가야 하냐고, 언제 가냐고 매일 저녁 물어." 그때 나는 비토리아의 걱정과 배려를 읽었다. 그리고 활짝 웃으며 키아라를 향해 말했다.

"Sei adorabile(너는 참 사랑스럽구나)!"

키아라가 쑥스러운 듯 고개를 숙이며 씽끗 웃었다. 그러자 비토리아가 말했다. "나중에 키아라가 크면 파리에 갈지도 몰라. 그때 프랑스어 잘 가르쳐 줘." 나는 호탕하게 웃으며 "보내기만 해" 소리치면서 생각했다. 언젠가 이 이탈리아 아이는 외국어를 배우면서 나를 떠올릴지도 모르겠다고. 어느 해 창밖에 내리던 첫눈을 함께 바라보며 "벨로"를 반복해 외치던 한국인 여자를. 그러면서 궁금해할지도 모르겠다. '그때 그 여자는 왜 이탈리아어를 그토록 배우고 싶어 했을까?' 하고. 공부가 힘들어지는 순간에는 나를 떠올려 주기를. '그렇게 열심히 외국어를 배우는 사람도 있었지' 하면서 그때 힘을 내면 좋겠다.

나의 한심한 버벅거림은 날이 가도 개선될 줄을 몰랐지만, 창피한 순간도 자꾸 반복되니 이에 반응하는 마음이 무뎌지기 시작됐다. "내가 그렇지 뭐", "또 굴욕 갱신이군" 중얼거리며 '그래도 이번에는 좀 더 들렸던 것 같아' 하며 나름대로 만족하는 순간도 있었다.

어느 저녁 식탁에서 이탈리아의 유명 작품에 대해 말하다가 단테의 《신곡》을 이야기하게 됐다. 내가 한국어로 《신곡》을 읽고 있다고 하자 마테오가 말했다. "이탈리아어로 읽지 않았다면 단테를 읽었다고 할 수 없지." 그 말을 듣고 서점에 가서 《신곡Divina Commedia》을 찾았는데, 서점 책장 한 면이 모두 《신곡》이었다. 워낙 난해한 텍스트다 보니, 해석본과 함께 백과사전 두께로 출판된 책이나 청소년을 위한 버전, 지옥/연옥/천국 세 권으로 따로 출판된 책 등 다양한 종류가 있었다. 그중 제일 눈에 띄는 버전은 로렌초 마토티Lorenzo Mattotti의 일러스트가 함께 들어간 책이었다. 매일같이 서점에 가서 그 책을 들었다 놨다 하며 며칠을 망설였다. 한국어로도 읽기가 쉽지 않은 책을 내가 과연…… 읽지 않겠지. 하지만, 마토티의 일러스트는 그 자체만으로 아름다운걸. 책은 소장만으로도 가치가 있는 걸까?

그 주가 끝나갈 무렵에야 파리에 가져가기로 결심하고 계산대 앞에 섰다. 서점 점원이 가격을 말했고, 내가 카드를 내밀었는데, 점원이 예상치 못한 무언가를 물었다. 봉투가 필요하냐는 말이라는 걸 뒤늦게 접수했을 때는 또 한 번

고장 난 기계처럼 눈을 껌뻑이다가 이미 나직하게 말한 후였다.

"쏘리?"

점원은 당황한 듯 나를 몇 초간 바라보더니 황급히 고개를 숙여 내가 산 책, 단테의《신곡》을 진지하게 다시 들여다보았다. 몇 분 같은 몇 초의 정적이 흘렀다. 그가 다시 내 얼굴을 보았다. 제발 아무 말도 하지 않기를 바라는 내 마음을 읽었을까? 급히 표정을 바꾸고 그가 말했다. "땡큐."

나는 믿는다. 더 많은 굴욕을 경험한 자, 더 빨리 입이 트이게 될지니. 굴욕의 길 끝에 영광이 있으리라.

호주 할아버지는 왜

볼로냐 어학원에는 주 단위로 이탈리아어를 배우러 오는
사람들이 많았다. 월요일이면 어학원 복도에 한 주의 반 구
성과 그 주의 학습계획이 게시됐고, 그 내용이 매주 바뀌
었다. 기본 수업은 매일 오전 9시부터 1시까지 진행됐는데,
종종 오후 활동 프로그램이 제공되었다. 나처럼 짧은 일정
으로 여행처럼 머무는 사람들에게 다양한 경험을 제공하기
위한 어학원의 배려인 것 같았다. 내가 있던 주에는 월요일
오후에 어학원 선생님 한 명과 함께하는 볼로냐 도시 투어
프로그램이 있었고, 수요일에는 볼로냐의 재래시장 푸드투
어 프로그램이 있었다.

비바람이 불던 월요일 오후. 가만히 있으면 저절로 눈이 스르르 감길 만큼 피곤이 극에 달한 상태여서 침대에 누워 쉬고 싶은 마음이 간절했으나, 그럴 수는 없었다. 오전에 도시 투어 신청을 해 놓았으므로 약속을 지켜야 했다. 무거운 몸을 끌고 어학원으로 다시 갔는데 아무리 둘러봐도 투어를 떠날 듯 보이는 사람이 없었다. 설마 나 혼자는 아니겠지, 불안해하며 휴게실 소파에 앉아 기다리는데, 오전에 회화 수업을 가르쳤던 데보라 선생님이 "차오" 하며 다가왔다. 행정실 직원이 걱정스런 표정으로 나와 말했다. "지금 한 명와 있는데, 비까지 많이 와서……." 데보라 선생님이 "비가 많이 오나요?" 하며 밖을 내다보았다. 그 한 명이 혹시 나인가? 아무리 비가 온대도 아무도 안 올 줄이야. 선생님과 단둘이 다니는 건 부담스러운데. 정신이 아득해지려는 찰나, 문이 열렸다. 오전 수업에서 내 옆자리에 앉았던 리오넬 조스팽을 닮은 호주 할아버지였다. 혼자는 아니라는 안도와 동시에 나도 나지만 할아버지가 비가 이렇게 오는데 어쩌자고 오셨을까 싶었다. 그래도 우리 셋은 행정실 직원의 응원을 뒤로하고 비바람이 부는 거리로 나섰다.

도시 전반이 회랑(아케이드)으로 구성된 도시인 만큼, 볼로냐에서는 걸어 다니면서도 비를 잘 피할 수 있었다. 사람들이 오갈 수 있도록 뚫려 있는 1층의 천장 위로 아치 모양의 지붕이 아름답게 펼쳐진 볼로냐 회랑의 기원은, 데보라 선생님에 따르면 중세(1088년)에 볼로냐에서 탄생했다는 유럽 최초의 대학과 관련이 있다. 유럽 유일의 대학으로 유럽 전역에서 학생들이 몰려오자 작은 도시 볼로냐에는 거주지가 한참 부족해졌고, 이에 집을 넓혀 학생들에게 세를 줄 수 있도록 건물을 증축하고 1층은 사람들이 지나다닐 수 있는 상가로 만들었다. 일종의 주상 복합형 건물로 주거지를 늘리고 상권을 발달시키며 비도 피할 수 있게 된 것이다.

어학원에서 몇 걸음 걷지 않았는데, 책에서 보던 유적지들이 속속 등장했다. 우리는 각자 입고 있던 외투에 달린 모자를 뒤집어쓰고 이졸라니 궁전의 나무 천장에 박힌 중세 시절의 화살을 구경하고, 고즈넉한 산토스테파노 광장과 일곱 개의 교회들을 거쳐 마조레 광장과 시청으로 걸었다.

데보라 선생님은 40대 초반 정도로 보이는, 또랑또랑한 목소리에 표정이 밝은 여성이었다. 내가 파리에 살고 있다고 하자 본인도 대학 시절 파리에서 1년을 살았다며 반가워했다(위급한 순간 나는 프랑스어를 할 수 있으리!). 유머감각이 있어 수업 분위기가 좋았고, 아무리 버벅거리며 이야기해도 학생이 하려는 말을 금세 알아채는 센스가 있었다. 무엇보다 그 어떤 복잡하고 수준 높은 내용도 내 수준의 이탈리아어로 이해가 가능하도록 표현하는 기술이 있었다. 그날의 투어도 그랬다. 선생님은 전문 가이드처럼 중세로부터 이어지는 도시의 역사와 교황과 왕의 세력 다툼과 유럽 최초의 대학, 볼로냐의 특산품과 시민협동조합에 대해 끊임없이 설명해 주었고, 그 모든 이야기가 이탈리아어라는 장벽을 느낄 새 없이 놀랍도록 귀에 쏙쏙 들어왔다. 이탈리아어 교사로서 데보라 선생님의 노련함 덕분이겠지만, 모든 음절을 빠짐없이 발음하는 이탈리아어 특성상 듣기가 다른 외국어에 비해(어느 정도 문법과 단어의 기초가 갖춰져 있다면) 그리 어렵지 않기 때문일 수도 있다.

화려하고 아름다운 중세의 볼로냐 대학(아르키진나지오 궁전)을 구경하고 나오는 길이었다. 사람들로 북적이는 회랑 안을 걸어 나가는데, 갑자기 선생님이 말을 멈추고 맞은편의 누군가를 크게 부르며 달려갔다. 몇 미터 앞에서 라이터를 팔고 있던 이민자로 보이는 중년의 남자였다. 남자가 데보라 선생님을 보더니 활짝 웃으며 반겼다. 연결고리가 전혀 없어 보이는 두 사람이 한참을 반가워하며 안부를 나누고 전화번호를 주고받는 게 보였다. 선생님이 남자에게 부인과 아이들의 안부를 묻는 소리도 들렸다. 몇 분 후 남자와 헤어지고 선생님이 돌아왔을 때, 호주 할아버지와 나는 똑같이 호기심으로 가득 찬 표정을 하고 있었을 것이다.

선생님은 "아주 오래전 이 근처 바에서 서빙 아르바이트를 한 적이 있어요. 그때 와서 라이터를 팔던 사람인데, 당시 저 친구가 이탈리아에 온 지 얼마 되지 않았고 어려움이 많아서 도와주며 가깝게 지냈거든요. 10년이 넘도록 한 번도 만난 적이 없다가 여기서 마주치네요" 설명하고는 덧붙여 혼잣말처럼 중얼거렸다. "저는 그동안 많이 변했는데, 저 친구는 아직도 라이터를 팔고 있네요. 에효……." 나는 왠지 아르키진나지오 궁전보다도 이 장면을 더 오랫동안 기억하게 될 것 같았다.

데보라 선생님과 함께하는 도시 산책은 지루할 틈이 없었지만, 계속 마음에 걸리는 문제가 있었다. 선생님의 설명을 들으며 나란히 걷다 보면 걸음이 느린 호주 할아버지가 자꾸 뒤처졌는데, 몇 차례 뒤를 돌아보다가 어느 순간 깨달았다. 할아버지는 단순히 걸음이 느린 게 아니고, 다리를 절고 있었다는 걸. 그걸 알고부터 마음이 불편했는데 "Tutto bene?" 하며 괜찮으시냐고 물을 때마다 할아버지는 미안한 듯 웃으며 손을 내저었다. 설상가상으로 시간이 갈수록 비바람이 매섭게 몰아쳤다. 회랑으로 이어진 중심가를 지나 유대인 게토로 들어섰을 땐, 비를 가려 줄 마땅한 지붕도 없어졌다. 모두가 우산을 꺼내 들었는데, 공교롭게도 할아버지만 우산이 없었다. 같이 쓰려 해도 할아버지는 괜찮다며 계속 우산 밖으로 나갔고, 나중에는 마음이 너무 불편한 나머지 내 우산을 그냥 손에 쥐여 드렸음에도 한사코 거절하며 "아임 오케이"를 연발했다.

처음에는 '이 할아버지 정말 괜찮으신가?' 싶다가 점점 의문이 들었다. 아침부터 수업 듣고 온종일 긴장하니 여독이 풀리지 않아 나도 체력적으로 힘이 드는데, 이분은 왜 굳이 이렇게까지 하는 걸까.

두 시간이 넘도록 계속됐던 우리 셋의 도시 산책이 끝났을 때, 할아버지는 작별 인사를 하고 돌아서는 데보라 선생님을 불러 세웠다. 그리고 천천히 영어로 말했다. 정말 좋은 시간이었다고. 비가 와서 힘들었을 텐데 애써 줘서 너무나 감사하다고. 그 순간 할아버지의 진지한 눈빛을 보며 알았다. 그는 내 걱정과 달리, 빗속의 두 시간을 진심으로 즐거워했다는 것을. 할아버지도 나와 같이 그저 이 도시를 더 알고 싶었던 것뿐임을.

다음 날 아침 첫 번째 수업이 끝난 쉬는 시간이었다. 옆자리의 호주 할아버지가 "Vuoi andare al bar(카페에 갈래)?" 하고 물었다. 학원에서 3분 거리에 어학원 사람들이 쉬는 시간마다 가는 카페가 있었다. 할아버지는 아마도 내가 처음 와서 혼자 카페에 가기가 어색하리라 짐작해 같이 가자고 제안한 것 같았다.

카푸치노를 주문해 지하로 내려가니 고급반에 속해 있는 학생들과 다른 반 강사들까지 십수 명의 사람들이 동그랗게 둘러앉아 있었다. 대부분 40대 이상의 나이로 보였다. 이탈리아의 느리고 답답한 행정 시스템에 관해 각자의 경험을 이야기하는 가운데, 우리 반의 영국인 션이 조금씩 좌중을 사로잡았다. 브렉시트 때문에 이탈리아 체류가 복잡해질 뻔했는데, 직전에 이탈리아에 가까스로 입국한 성공담을 스릴 넘치게 풀어놓은 것이다. 브렉시트 전에 이탈리아에 왔는데, 나와 같은 초급반이라고? 의아함이 잠시 스쳤고(나는 왜 이리 레벨에 집착하는 걸까?), 한편으로는 초급반 수준의 이탈리아어로 선생님들 앞에서까지 자신 있게 수다를 떨다니, 외국어 공부란 과연 자신감과 표현하고자 하는 의지가 전부구나 싶었다.

안 그래도 과묵한 할아버지와 나는 또 나란히 앉아 션의 익살을 감상하고 주변 사람들과 두런두런 얘기를 조금 나누다가 다시 수업으로 돌아왔다. 오는 길에 조금 위험한 찻길이 있었고 다리를 저는 할아버지에게 마음이 쓰여 옆에서 걷는데, 전날 밤의 산책으로 어떤 연대감 같은 게 형성된 느낌이었다. 내가 "어제 그 투어 너무 좋았죠?" 하고 영어로 묻자, 할아버지가 활짝 웃으며 고개를 끄덕였다. 그리고 내게 물었다. "파리에서 오래 살았다고요?" "네, 공부를 오래 했고, 일도 하고 있어서요."

그렇게 시작된 사적인 대화에서 나는 호주에서 볼로냐까지 비행기로 30시간이 넘게 걸린다는 말에 놀랐고, 팬데믹으로 볼로냐에 올 수 없었던 지난 3년간, 세라피나 선생님에게 화상으로 이탈리아어 수업을 들어왔다는 말에 더 놀랐다. 이 할아버지는 왜 이렇게 열심인 걸까? 고작 6개월, 주말에 한 번씩 수업을 듣고 두 시간도 안 걸리는 곳에서 와놓고 스스로 엄청난 노력을 하고 있다고 생각했는데, 그와 걸음을 맞춰 천천히 걸으며 왠지 부끄럽고 숙연해졌다.

수요일 저녁 재래시장 푸드투어에 나온 사람은, 놀랍지 않게도 호주 할아버지와 나, 또 둘뿐이었다. 그날은 다행히 비가 오지 않았고, 행정실 직원 랄루카가 우리를 볼로냐의 유서 깊은 재래시장인 메르카토 델 에르베Mercato del Erbe로 안

내했다. 20대 초반으로 보이는 랄루카는 궁금한 게 많았고, 길을 걷는 내내 할아버지에게 "무슨 일을 하세요?"부터 "혼자 오셨나요?", "이탈리아어는 왜 배우는 거예요?", "언제부터 이탈리아어를 배우셨어요?" 같은, 마침 나도 궁금했던 질문을 끊임없이 던져 주었다. 그렇게 알게 됐다. 할아버지는 시드니에 사는 변호사였고(심지어 여전히 일을 하고 있다고 했다), 나처럼 이탈리아 음식과 와인과 문화가 좋아서 이탈리아어를 배우고 있으며 3주간의 볼로냐 어학 기간이 끝나면, 로마와 나폴리 등 남부를 여행할 예정이었다. 그리고 그에게는 시칠리아섬의 시라쿠사로 가서 살 엄청난 계획이 있었다!

그 이야기들을 듣고 나니 마침내 다 이해가 갔다. 나는 그를 인생의 끝자락에 선, 휴식이 필요한 70대 노인으로 바라보았지만, 그는 누구보다도 성실하고 열정적인 시작을 하고 있는 중이었다. 비바람을 맞으면서도, 걸음이 불편해 다른 사람들보다 뒤처져도, 수업 중에 말 한마디 제대로 대답하기가 어려워도 묵묵하고 꾸준하게 계속 나아가는 중이었다.

노후의 집과 연금에 대해서는 그토록 고민하면서 정작 노후의 삶의 자세를 생각해 본 적이 있었던가. 그와 비슷한 나이가 됐을 때, 나도 그렇게 젊을 수 있을까? 불편한 다리로 혼자 모르는 나라를 몇 주씩 여행할 수 있을까? 그저 두렵기만 했던 60대 이후의 삶인데 이렇게도 설레고 뜨거울 수 있다니. 삶의 스펙트럼이 또 한 자락 열리는 기분이었다.

그날, 전문 푸드투어 가이드 사라와 함께 다양한 치즈와 프로슈토를 맛보고 마지막 코스로 방문한 곳은 시장 앞 청각장애인들이 운영한다는 유명 와인바였다. 우리 세 사람은 대학생들로 시끌시끌한 와인바에 테이블을 잡고 사라가 추천하는 에밀리아로마냐 지역의 알바나 품종 와인 한 병을 주문했다. 이탈리아 와인에 대한 사라의 설명을 들으며 한 잔, 두 잔 마시다 보니 자연스럽게 몸도 마음도 노곤해졌다. 사라는 영국 출신으로, 전 남편이 이탈리아인이어서 오래전 볼로냐에 오게 됐고, 이탈리아가 좋아서 계속 살고 있다고 했다. 그러고 보니 누가 지나가다가 보면 도무지 짐작하기 힘든 조합의 우리 세 사람이지만, 한 가지 중요한 공통점이 있었다. 우리 세 사람은 모두 단 한 가지, 이탈리아가 좋다는 그 이유 하나로 혼자서 먼 길을 떠나 그곳에 와 있던 거다. 이탈리아가 아니었다면 서로의 존재를 모르고 살았을, 나이도, 출신지도, 살아온 삶도 제각각인 세 사람이 모여 와인잔을 기울이다니 "참 기적 같은 일이군" 중얼거렸던 기억이 난다.

그날 밤, 자려고 누워 스마트폰을 보니 인스타그램 팔로워가 늘어 있었다. 사라였다. 호주 할아버지가 본인도 인스타그램 계정을 만들었다며 알려 준 게 생각나서 그 계정에도 들어가 보았다. 게시물이 없어 텅 빈 공간에 활짝 웃고 있는 할아버지의 프로필 사진이 보였다. 새로운 삶을 시작하는 사람의 설렘이 가득한 미소였다.

이탈리아 남자와 엄마들

오늘 아침 안젤라는 알베르토에게 "오늘은 내가 못 가니까 당신이 장을 좀 봐 줘"라며 기나긴 쇼핑리스트를 주었다. 그날 오후 알베르토는 쇼핑리스트를 보며 시장에서 장을 보기 시작한다.

"안녕하세요, 프로슈토 200그램 주세요."

"어떤 프로슈토 드릴까요?"

"어떤……이라니요?"

"세 종류가 있는데요, 스타지오나토(stagionato 숙성된 햄)랑 크루도(crudo 생햄), 돌체(dolce 조리된 햄)요."

아, 뭐였더라……. 알베르토는 안젤라에게 전화를 걸어

물어보고, 돌체 프로슈토를 산 후 장보기를 계속한다. 슈퍼마켓에는 알베르토처럼 아내에게 전화를 걸어 질문하는 남자들이 여기저기 많이 있다.

"미안한데, 설탕이 어딨지? 들어가서 오른쪽? 오른쪽 어디? 여기 그 옆인데……."

알베르토는 접시를 사러 간다. 고르려고 보니 브랜드가 열 개는 되는 것 같다. 도대체 뭘 사야 하나. 안젤라에게 다시 전화한다. "또 무슨 일이야? 그러니까 사람이 말을 하면 집중해서 들어야지, 한 귀로 듣고 흘리니까……" 하는 안젤라에게 설명하는데 전화가 끊겼다. 배터리가 없다. 당황스럽다. 아직 살 게 많은데, 고기는 뭘 사야 하지? 생선은?

그의 옆으로 한 남자가 카트를 밀며 지나간다. 남자도 알베르토처럼 꺼진 스마트폰을 보고 있다. 알베르토가 말을 건다.

"살 게 많은가 봐요?"

"보이세요? 방금 시작했는데 폰이 벌써 꺼져서."

다른 남자가 지나가다가 그들을 보며 말한다.

"미안하지만, 제가 잘 이해한 거라면 저랑 비슷한 상황이신 것 같은데요."

얼마 후, 파스타 진열장 앞에 다섯 명의 남자들이 모여 있다. 세 명의 스마트폰은 꺼져 있고, 두 명은 쇼핑리스트를 잃어버렸다. 웅성웅성 이야기를 나누다가 누군가 말한다.

"우리는 혁명을 해야 합니다!"

다른 이들이 동조한다.

"맞소!" "이놈의 카트는 여기 버리고 장보기도 그만하죠!"

그들은 함께 맥주를 사서 슈퍼마켓을 나선다. 슈퍼마켓이 문을 닫은 후로도 그들은 여전히 주차장에서 맥주를 마시고 있다. 아내들이 도착해 남편들을 찾아낸다.

"여기서 뭐 하고 있어?" 질책하는 안젤라에게 만취한 알베르토가 말한다.

"여보…… 나 여기 이분들과…… 휴대폰이…… 리볼루치오네(혁명)! 장보기는 끝이야!"

다음 날 아침, 어제 일어난 모든 일을 잊은 듯 알베르토는 두통을 참으며 다시 리스트를 들고 슈퍼마켓에 간다.

데보라 선생님의 회화 시간에 듣기 예문으로 이런 내용의 텍스트를 듣고 처음에는 의아했다. 이게 대체 무슨 이야기지? 남자들이 장을 보기 싫어서 혁명을 한다고? 그야말로 이탈리아식 코미디로군. 하지만 생각할수록 입꼬리가 올라갔다. 내가 느꼈던 이탈리아 남자들의 성격이 잘 드러나 있었다. '그래, 이게 나만의 느낌이 아니었어!' 하는 회심의 미소였달까.

사실 나는 비토리아와 마테오를 만난 첫날부터 이탈리아 남자들이 궁금해졌다. 그들 부부가 이탈리아 가정의 표준이라고 할 수 없겠지만(그런 건 존재하지도 않겠지만), 마테오는 내가 갖고 있던 이탈리아 남자의 이미지에서 한참 벗어나 있었기 때문이다. 그동안 내가 본 이탈리아 남자들은 대개 머리끝부터 발끝까지 완벽하다 싶을 만큼 멋지게 차려입고 있었으므로, 대체로 남들 앞에서 뽐내기 좋아하고 목소리도 크고 자신감이 넘치며 활발한 성격일 거라 짐작했었다. 가정에서도 주도권을 가지고 커다란 결정들을 좌우하고, 고양이보다는 개를 좋아하며 주말에는 친구들과 축구를 하는 뭐 그런 호탕한 성격의 사람들일 거라는 편견이었다.

그런데 마테오는 이탈리아 남자가 아니었더라도, 혹은 남자가 아니었더라도 '사람이 이렇게 차분할 수 있나'라는 생각이 들 법한 참한 분위기의 사람이었다. 게다가 그의 직업이 건축가라는 말을 듣고서는, 건축가라는 직업에 대한 내 편견 때문이겠지만 더욱 의아했다. 그는 가족 중 가장 낯을 가려 나와 편하게 이야기하기까지 며칠이 걸렸고, 한결

같이 모든 움직임이 조용했다. 늘 상대의 말을 충분히 다 듣고 나서 신중하게 말했는데, 그러다 보니 목소리 큰 다른 사람들에게 말이 묻히거나 말꼬리가 잘리기 십상이었다. 딸키아라가 식사 중에 홈스테이 손님 앞에서 코를 후빈 손가락을 입으로 넣으려 하는 절박한 상황에서도, 조용조용 차분하게 "키아라! 그러지 말라고 했지!" 하고 말했고, 키아라가 말을 듣지 않으면 그저 한숨을 쉬며 "키아라, 그건 예의 바른 행동이 아니야"라고 나직이 말했다. 아침에 주방에 가면 늘 두 개의 커피포트에서 뿜어져 나오는 커피 향을 맡으며 아침식사를 준비하던 사람도 마테오였는데, 너무 조용한 나머지 매번 주방에 들어서기 전까지 그가 있는지 없는지도 알 수 없었다.

반면, 그들 공간에서 벽을 사이에 두고 멀리 떨어진 내 방에서도 움직임을 느낄 수 있을 만큼, 비토리아는 어디에서나 존재감이 있었다. 대문 밖에서도 들릴 만큼 말소리도 컸고, 작업실에서 혼자 일할 때도 늘 누군가와 활발하게 이야기하고 있었다. 마테오가 마치 집사처럼 조용히 움직이며 가정의 작은 일들을 세심하게 챙긴다면, 그 집의 큰 결정들은 비토리아가 하는 듯했다. 마테오가 홈스테이에 크게 반대했었다는 것을 봐도 그렇다. 비토리아와 달리, 홈스테이 학생들과 지내 본 경험이 없는 마테오는 딸 키아라의 안전과 가족의 프라이버시를 걱정해 홈스테이를 끝까지 반대했다는데, 결국 비토리아의 뜻대로 내가 이 집에 올 수 있었던 것이다. 또 집 곳곳에 불상이 놓여 있는 것을 보면서(마테오는 불교신자가 아님을 생각했을 때), 이 집에서의 영향력은 비토리아에게 쏠려 있는 게 아닐까 싶었다. 이탈리아는 매우 가부장적인 문화가 있는 나라로 알고 있었는데 이 집만 예외인 걸까. 이탈리아 남자들은 전반적으로 마테오와 비슷할까. 그러던 차에 이 이야기를 듣게 된 것이다. 장보기 파업을 선언하고 혁명을 외치는 남자들 이야기를.

그날 저녁 내게서 '슈퍼마켓에서 혁명을 외치는 남자들' 이야기를 들으며, 이 이탈리아 부부는 매우 상반된 반응을 보였다. 마테오는 이야기를 듣는 내내 고개를 끄덕이고 깔깔 웃으며 격하게 즐거워했지만, 비토리아는 곤란한 표정으로 듣다가 말했다.

"그런 내용이 수업 시간에 나왔다고? 이탈리아 여성에 대해 좋지 않은 편견을 줄 수 있는데, 왜 그런 걸 배우지?"

그러자 마테오가 말했다.

"완전히 맞는 얘기인데 뭐. 이탈리아 여자들 성격이 강한 건 사실이지."

비토리아가 바로 "무슨 소리야, 여자들이 세다니. 그렇지 않아" 하며 언성을 높였고, 마테오가 말했다. "사실이야. 슈퍼에 가 봐. 이 이야기에 나올 것 같은 남자들이 많아."

뭔가 익숙한 느낌이 드는, 결론이 있을 리 없는 토론이 벌어질 것 같아 나는 재빨리 대화의 방향을 전환했다.

"나는 이탈리아 남자와 여자 이야기보다 이탈리아 엄마들 이야기를 많이 들었거든. '맘마 이탈리아나'라고 하잖아. 이탈리아는 집안에서 엄마의 존재감이 크다던데, 맞아?"

그러자, 두 사람이 모두 하나가 되어 "Si, Si!" 하고 세차게 고개를 끄덕였다. 그리고 각자 떠오르는 장면들이 있는 듯 말을 멈추고 한숨을 쉬었다. 그 모습이 웃겨서 "왜? 누구 어머니 생각하는 거야?" 물으니, 비토리아가 말했다.

"아, 우리 엄마는 정말……. 나는 아버지가 돌아가시고 나서야 깨달았어. 아버지가 엄마 때문에 참 힘들었겠다는 걸. 우리 엄마는 모든 걸 본인 마음대로 하려고 하지. 내가 지금 나이가 몇인데 나한테도 여전히 그래." 고개를 돌려 마테오를 보니 그도 고개를 끄덕였다.

"우리 엄마도. 이탈리아 가정에서 엄마들은 힘이 세. 우리가 결혼할 때 반대한 것도 엄마였어. 비토리아가 파르마 여자가 아니라는 이유였지." 참고로 마테오가 나고 자란

파르마는 볼로냐에서 90킬로미터도 채 되지 않는 거리에 있다. 그의 어머니는 아들이 결혼 후 멀어질까 봐 겁나셨던 걸까?

나도 엄마 생각이 나서 말했다. "나는 외국에 너무 오래 살아서 엄마가 힘들어하셔. 딸이 옆에 있기를 바라시거든." 그 말이 끝나기가 무섭게 비토리아가 말했다. "왜 엄마들은 나이가 들면 딸에게 의지하려고 할까?"

그 밤 우리의 대화는 각자의 형제들과 딸과 아들, 엄마와의 관계, 그리고 딸을 키우는 엄마의 마음으로 오래도록 이어졌다. 마치 나의 이탈리아어 실력이 출중해진 듯 들릴 수 있지만, 영어와 이탈리아어가 마구 섞인 대화였음을 밝혀 둔다.

며칠 후, 데보라 선생님은 수업 시간에 마마보이라는 의미의 'mammone'라는 단어를 가르쳐 주며 이런 이야기를 했다.

"이탈리아 남자 중엔 맘모네가 정말 많아요. 어쩌면 이탈리아 엄마들이 그렇게 만드는 것 같기도 하고요. 우리 사촌네를 예로 들어 볼까요. 여자 사촌과 남자 사촌 둘 다 온종일 직장에서 일하는데, 집에 돌아오면 엄마를 도와 밥을 하고 청소, 빨래를 하는 건 여자 사촌이죠. 똑같이 직장인인데 남자 사촌은 집에서 정말 아무 일도 하지 않아요. 여자 사촌은 오빠 옷까지 빨래하고요. 우리 이모가 그렇게 시키거든요. 왜 남자들은 엄마와 살면 집안일을 하지 않는 걸까요?"

나는 이 친근한 이야기가 이탈리아에서도, 게다가 여전히 벌어지고 있음에 놀랐고, 이탈리아 북부인 이곳에서도 직장인 자식이 엄마와 계속 같이 살고 있다는 사실에도 다시 한번 놀랐다(내 질문에 선생님은 남부만큼은 아니어도 여전히 북부에서도 결혼 전까지는 부모와 같이 사는 사람들이 많다고 대답해 주었다). 그리고 '이렇게 똑 부러지는 데보라 선생님은 어떻게 살고 있을까, 모든 이탈리아 남자가 그렇지는 않겠지' 생각이 드는데 선생님이 덧붙여 말했다.

"저는 영국인 남자와 결혼했는데요, 영국 남자 중에도 맘모네가 있을 줄이야! 제 남편은 매일 저녁 엄마한테 전화해서 그날 하루 있었던 일을 모두 보고하고 나누는 남자예요. 놀랍죠? 맘모네들과 살아야 하는 건 이탈리아 여자의 운명일까요?"

심드렁한 표정으로 보고 있던 러시아 남자와 샌프란시스코 퇴직자, 영국 젊은이와 중국 여자아이가 웃음을 터뜨렸다. 데보라 선생님도 분위기 전환을 위해 농담처럼 한 말이었겠으나, 나만큼은 편히 웃을 수 없었다. 엄마와 아들 그리고 장보기를 거부하는 남편들. 정작 아버지는 등장하지 않는 이탈리아 드라마들은 어디서부터 꼬인 것인가!

페르케 에 벨리시모!

볼로냐에서 내가 처음 산 이탈리아어 책은 단연 페란테의 소설 '나폴리 4부작'이었다. 이미 한국어와 프랑스어로 읽은 책이었지만, 이탈리아어로 읽는 건 또 달랐다. 아, 릴라가 이렇게 말했구나, 레누는 이런 표현을 썼구나, 페란테는 이런 리듬으로 글을 쓰는구나…… 알아 가는 희열을 그 무엇에도 비교할 수 없다. 정말 좋아하는 사람과 드디어 단둘이 남겨진 기분이랄까.

나폴리 4부작을 생각하면 2017년 여름이 떠오른다. 그 여름의 초입에서 나는 두 번째 책의 원고를 여러 출판사에 보내 놓고 답변을 기다리고 있었다. 하루에도 수십 번씩 메일함의 새로고침을 누르면서 생각했다. 어쩌자고 누구도 기다리지 않는 글을 원고지 800매나 썼는가. 누구도 원치 않는다면 어떻게 해야 좋을까.

그 시기의 어느 주말, 엘레나 페란테의 소설 《나의 눈부신 친구》 한국어판을 읽게 됐다. 평소 관심과 애정에 비해 좀처럼 만나기 힘든 이탈리아 문학이었고, '얼굴 없는' 여성작가의 작품이라는 점에 호기심이 일어 펼쳤는데 이런, 도저히 멈출 수 없었다. 서둘러 전자책을 구매하고, 완전히 사로잡혀 주말을 통째로 보냈다. 이 시리즈의 2권인 《새로운 이름의 이야기》까지 단숨에 읽고서, 3권이 아직 한국어로 출간되지 않았음을 알고 번역가를 검색해 보았다. 그의 SNS 계정이 있으면 찾아가서 감사하다는 말에 덧붙여 조금만 더 힘내 주시라는 재촉이라도 하고 싶은 심정이었다.

나폴리 4부작에는 많은 이야기가 등장한다. 패전 후 폐허가 된 1950년대부터 시작해 본격적인 자본주의의 도래와 파시스트와 공산당의 대립과 테러, 68혁명과 여권신장, 자유연애, 자본가와 노동자의 대립과 같은, 이탈리아의 근현대사가 모두 펼쳐져 있다. 또한 대부분이 문맹이었고, 여자아이는 초등학교를 마치면 가정경제에 도움이 되어야 한다는 생각이 일반적이던 시대의 여성의 삶도 담겨 있다.

소설은 그럼에도 여성이 자신의 의지대로 살아가고자 할 때 벌어지는 일들을 정면으로 응시하면서, 인간의 삶이란 얼마나 처절하게 환경에 좌우되는지 그려 낸다. 이 거대한 이야기를 끌고 나가는 건 릴라와 레누('나' 엘레나의 애칭)의 우정이다. 각자의 환경에 따라 어쩔 수 없이 다른 선택을 한 두 사람은 너무 다른 길 위에서 서로를 태양처럼 '눈부신 친구'라고 여긴다. 이 책에서 나는 무엇보다 유년 시절부터 이어져 온 글과 책을 향한 욕망과 동경으로 두 사람 공통의 세계가 창조됐다는 사실에 강하게 매료됐다.

2017년 여름 나폴리에 갔던 건 순전히 이 책 때문이었다. 여름의 나폴리에는 타들어 갈 듯한 열기와 산업도시 특유의 매연과 밤이 깊도록 계속되는 소음이 있었고, 지친 얼굴로 느리게 걷는 사람들이 있었으며, 오토바이를 타고 저녁 내내 동네를 뱅뱅 돌아다니는, 열 살도 채 되지 않은 아이들이 있었다. 그래도 좋았다. 가난으로 닳고 폭력이 난무했던 소설 속 나폴리 외곽동네를 떠올릴 수 있어서, 릴라와 레누의 흔적을 더듬어 볼 수 있어서, 저 멀리 이스키아섬을 볼 수 있어서. 릴라와 레누가 자유롭게 글을 쓰고, 책을 읽고, 사랑에 빠지고, 춤을 출 수 있었던 그 섬을 직접 볼 수 있다는 것만으로 좋았다. 그 여행의 끝에서, 더 이상 간절하게 메일함을 들여다보지 않게 됐다.

HBO가 엘레나 페란테의 나폴리 4부작을 드라마로 만들고 있다는 소식을 들었을 때 처음엔 '그걸 왜 미국에서 만들지?' 생각했다. 미국 배우들이 연기하는 릴라와 레누라니, 영어를 하는 나폴리 서민들이라니. 그건 영어를 하는 프랑스 혁명군 영화만큼이나 끔찍한 일이니까. 놀랍게도 HBO는 이 나폴리 4부작에 나만큼이나 진심이었던 모양이다. 나폴리에서 길거리 캐스팅으로 나폴리 사투리를 구사할 줄 아는 주연 배우들을 캐스팅하고 있다는 기사를 보았다. 감독이 이탈리아인이며 엘레나 페란테가 직접 시나리오를 쓰고 있다는 소식도 들려왔다. 그런데도 불안했다. 시즌당 50분짜리 단 여덟 편의 시즌제 드라마가 권당 600페이지가 넘는 분량의 네 권짜리 소설인 나폴리 4부작의 무수한 이야기를 어떻게 담아 낼지. 정말 중요한 이야기를 중심으로 끌어내 잘 끌고 갈 수 있을지.

그 후로 오랜 시간을 기다려 〈나의 눈부신 친구〉 시즌 1의 첫 에피소드를 시청했다. 흑백에 가깝도록 어두침침한 1950년대 이탈리아 나폴리의 초등학교 교실. 공책에 빽빽하게 짧은 선을 긋고 있는 펜이 보인다. 펜의 주인은 일곱 살쯤으로 보이는 단정한 금발의 여자아이다. 지나가던 선생님이 아이의 공책을 들여다보고 다른 학생들에게 보여 주며 말한다. "자, 여기 보세요. 엘레나 그레코가 얼마나 예쁘게 선을 그었는지. 깔끔하게 얼룩 하나 없이 선을 잘 그었어요, 브라바!"

그때 교실 저편에서 한 여자아이가 종이를 던지며 장난을 친다. 선생님이 황급히 "첼룰로!" 하고 아이의 이름을 부르며 쫓아간다. 장난친 학생의 노트를 들어 올리는 선생님. 노트에는 정성스럽게 그린 몇 개의 그림과 그 아래 사물의 이름이 삐뚤삐뚤한 이탈리아어로 적혀 있다. 선생님이 긴장한 표정으로 조심스럽게 묻는다. "누가 글씨를 썼지? 네가 썼니?" 아이가 소심하게 고개를 끄덕인다. "그때까지 우리 반의 가장 뛰어난 학생은 나였다. 그날부터 모든 게 바뀌었다"는 '나(엘레나)'의 내레이션 위로 며칠 후 한 여자가 복도를 따라 교실로 들어선다. 릴라(첼룰로)의 엄마다. 선생님은 젊은 엄마가 지켜보는 앞에서 칠판에 "sole"라는 단어를 쓰고 "내가 뭐라고 쓴 거지?" 하고 아이들에게 묻는다. 대답이 없다. 공책에 선 긋기를 하는 단계에서 아직 아무도 글을 배우지 않았으니 당연한 일이다. 선생님은 아이들을 안심시키고 릴라에게 묻는다. 릴라는 작은 소리로 "솔레"라고 대답한다. 선생님은 흡족한 표정으로 아이를 앞으로 불러낸다. 이 모습을 지켜보는 레누의 눈빛이 불안하다. 헝클어진 머리에 남루한 옷, 목뒤로 검은 때가 잔뜩 묻은, 또래보다 작은 여자아이가 칠판 앞으로 나온다. 선생님은 "gesso(분필)"를 칠판에 써 보라고 한다. 아이는 잘 연습된 필기체로 'geso'라고 쓰고, 거기에 선생님이 빠진 s를 덧붙여 준다. 글을 읽을 줄 모르는 듯한 아이의 엄마가 교실의 다른 아이들처럼 당황하며 "아이가 잘못했네요" 한다. 선생님이 서둘러 말한다. "아닙니다, 어머니. 물론 더 공부해야겠지만, 이 아이는 벌써 읽고 쓸 줄 알아요." 그리고 묻는다. "누가 이 아이에게 글을 가르쳤나요?"

부담스러운 표정으로 "저는 아니에요" 하는 릴라의 엄마에게 선생님이 계속 묻는다. "이웃 중에 누가 가르쳤을까요?" 고개를 젓는 엄마. 선생님이 아이에게 몸을 돌려 묻는다. "첼룰로, 누가 너에게 읽고 쓰는 법을 가르쳤니?" 아이가 쭈뼛거리며 말한다.

"Io(저요)."

선생님은 충격에 말을 잇지 못한다. 아이의 엄마를 다시 쳐다보고 복잡하게 여러 가지 생각이 오가는 표정이다. 선생님의 눈에 눈물이 차오른다. 이 모습을 지켜보며 놀람과

실망이 교차하는 어린 레누의 풀죽은 표정을 끝으로 드라마의 타이틀 음악이 흐른다.

이 한 시퀀스에 〈나의 눈부신 친구〉의 모든 이야기가 담겨 있었다. 5분 만에 나는 그동안의 의심을 접었고, 그 에피소드가 끝날 무렵에는 나의 인생 드라마가 탄생했음을 알았다.

HBO의 나폴리 4부작 시리즈는 현재 시즌3까지 방송된 상태다. 마지막 편인 시즌4는 올해(2023년) 안에 공개될 예정이라고 한다. 프랑스에서는 HBO와 공동제작에 참여한 프랑스 방송사 Canal+에서 2018년부터 방영했고, 한 편도 놓치지 않고 다 보았지만, 이탈리아어를 배우기 시작하면서 전 시즌 블루레이 세트를 구입했다. 소장 가치도 있는데다, 미국 드라마를 보며 영어를 공부하듯이 드라마를 보며 이탈리아어 공부를 해 볼 생각이었다.

이탈리아어를 알고 난 후 다시 보는 작품의 재미는, 이탈리아어를 알기 전에 비할 바가 아니었다. 먼저 책에서 자주 명시되던 나폴리 사투리의 의미를 제대로 느끼게 됐다. 사투리 구사가 가능한 배우들만을 캐스팅했다더니, 나폴리 마을의 인물들이 구사하는 언어는 내가 배운 이탈리아어와 조금도 닮지 않았다. 그래서 1950년대, 1960년대 나폴리 사람들에게 사투리가 아닌 표준 이탈리아어를 구사한다는 의미가 무엇이었을지 짐작할 수 있었다. 표준 이탈리아어는 이를테면 조선시대의 양반들이 쓰던 한자어 같은 것이 아니었을까. 그야말로 배운 사람만 쓸 수 있는 언어 말이다. 주인공 레누는 사용하는 언어 자체만으로 주변의 모든 이와 구분됐을 것이다. 동네의 유일한 고학력자로서 그는 가족들과도, 가장 절친한 친구와도 '다른 언어'를 쓰게 된 것이다. 레누가 고등학교 진학을 위해 피사로, 대학 진학을 위해 피렌체로 가면서, 이 격차는 더욱 선명하게 드러났다. 레누는 고등학교와 대학교에서 만난 친구들, 선생님, 남자친구, 나아가 남편과 시부모와는 완벽한 표준 이탈리아어를 쓰지만, 자신의 부모와 형제, 고향 사람들과는 내가 알아들을 수 없는 나폴리 사투리를 구사했다. 특히 릴라를 만났을 때는 사투리를 구사하다가 표준어를 쓰거나 그 반대인 경우가 종종 있었는데, 그 지점이 무척 흥미로웠다. 레누의 표준어는 릴라를 비롯한 고향 사람들과 거리감을 표현하거나 릴라와의 긴장을 드러내는 장치로 자주 사용됐다. 사용하는 언어의 변화 하나로 인물의 심리와 관계 변화가 즉각적으로 드러났던 것이다. 표준어와 사투리 간 전환은 이탈리아어를 배우기 전 프랑스어 자막에만 의지해 드라마를 볼 때는 전혀 알 수 없었던, 이탈리아어를 모르는 사람들은 절대 느낄 수 없는, 그렇지만 아주 중요한 심리묘사 장치였다.

어느 밤 릴라는 학교에서 라틴어 수업을 잘 따라가지 못하고 있다는 레누를 불러내 집 앞 가로등 아래 쭈그리고 앉아 라틴어 문법을 가르쳐 준다. 학교도 다니지 않는 릴라가 혼자서 라틴어를 공부했다는 사실에, 게다가 자신을 뛰어넘는 수준에 이르렀다는 사실에 당황한 레누는 릴라에게 묻는다.

"너는 왜 라틴어를 공부한 거니?"

그러자 릴라가 두 눈을 빛내며 대답한다.

"Perché è bellissimo(왜냐하면 너무나 아름다우니까)!"

그 장면을 보다가 가슴속에서부터 뜨거운 감정이 올라왔다. 달빛 아래 몰래 하는 공부가 너무나 익숙해 보이는 소녀의 빛나는 눈빛과 꿈꾸는 듯한 표정이 슬프기도 하고, 또 아름다워서. 나중에 다시 확인해 보았지만 책에는 이런 대사가 없었다.

그리고 이 장면을 본 이후로 내게도 답이 생겼다. 외국어의 아름다움에 취해 본 적은 없어도 그게 무엇인지는 어설프게나마 알 것 같은 나는, 이제 친구들이 "굳이 왜 이탈리아어를?" 하고 물으면 릴라를 떠올리며 이렇게 대답할 생각이다.

페르케 에 벨리시모.

당연하다는 듯, 그것 말고 무슨 이유가 있냐는 듯, 두 눈
을 빛내면서.

마티아 선생님의 수업 시간

오늘의 이탈리아어

Cosa è sucesso?
그래서 어떻게 됐나요?

비토리아가 큰 소리로 "브라바!" 하고 외치는 소리에 퍼뜩 정신이 들었다. 목요일 아침이라 그런지 쓰고 진한 이탈리아식 에스프레소에도 잠이 쉽사리 깨지 않았다. 피곤한 상태에서 이탈리아어가 제대로 귀에 들어올 리 없다. 모두가 키아라를 보고 웃고 있는 것으로 보아, 방금 키아라가 한 말 때문인 것 같았다. 뒤늦게 "왜? 무슨 일이야?" 물으니, 키아라가 어제 받아쓰기 시험에서 아홉 개를 틀렸다고 한다. 아홉 개면 축하할 일인지 모르겠지만, 일단은 한껏 톤을 높여 "오! 브라바!" 소리치고 물어봤다.

"평소에는 몇 개를 틀리는데?"

"평소에는 서른 개 중에 스물여섯 개쯤 틀리지. 이탈리아에서는 30점이 만 점이거든."

이 명랑한 가족이 사랑스러워 활짝 웃으며 손뼉을 크게 쳤다. 모두가 다시 한번 "브라바, 키아라!" 소리쳤고, 키아라는 깔깔 웃었다. 행복이 방울방울 피어오르는 이 집의 일원이 된 기분에 잠깐 취했다.

"오늘이 목요일이니까, 이틀 남았네." 아쉬움이 담긴 나의 말에 마테오가 깜짝 놀라며 나를 봤다. "오늘이 목요일이라고? 수요일 아니야?" 하더니 몇 초 멍하니 허공을 보다가 말했다. "프로젝트 금요일까지 끝내야 하는데! 오늘 수요일인 줄 알고 마음 놓고 있었어. 큰일이네!" 마테오는 밀라노의 어느 사무용 건물 프로젝트를 맡아 진행 중이라고 했다. 서둘러 일어나는 마테오를 따라 모두 각자의 하루를 향해 직장으로, 학교로, 학원으로 흩어졌다. 힘차게 "차오"를 외치면서.

수요일 아침 마티아 선생님이 처음 등장했을 때, 학원 측 기술 관계자인가 했다. 선생님이 바뀐다는 이야기를 못 들었으므로 그저 '스크린이 고장 나서 고치러 오셨나? 그런데 참 로베르토 베니니를 많이 닮았군. 아, 그러고 보니 로베르토

베니니는 계속 영화를 만들고 있나? 이탈리아 국민배우쯤 된다고 들었는데' 같은 생각에 빠져 있었다. 마티아 선생님이 나를 보고 "어, 못 보던 학생이 있군요. 이름이…… 미성? 맞나요?" 하고는 "누구 미성에 대해 소개해 줄 사람 있을까요?"라고 묻기 전까지는.

'아 저분이 선생님인가? 그런데 누가 나를 소개한다는 말이지?' 살짝 긴장이 올라오려 하는데, 젤라토 청년 조제가 뜻밖에도 손을 번쩍 들더니 말했다.

"음…… 미성은 한국인이고요, 하지만 아주 오래전부터 파리에서 살고 있어요. 직장에 다니고 있고요, 프랑스어를 잘해요. 일주일 동안 수업을 듣는다고 했고, 이후에는 여행을 떠난다고 했어요."

평소 내가 이야기할 때 시큰둥한 표정으로 고개도 돌리지 않더니, 이렇게 다 듣고 있었구나, 코끝이 시큰해졌다. 몸이 피곤하면 마음도 섬세해지는 법이다.

선생님이 내게 물었다.

"파리에서 산다고요? 어떻게 파리에서 살게 됐나요?"

"파리의 대학에서 공부했기 때문입니다."

"무슨 공부를 했나요?"

"Il cinema(영화요)!"

순간 선생님의 눈이 빛나는 것을 보고 불안감에 심장이 뛰었다. 나는 이탈리아어로 전개되는 이 대화에 준비되지 않았는데 더듬더듬 어디까지 말할 수 있을까.

"이탈리아 영화도 많이 알겠네요? 좋아하는 이탈리아 감독이 있나요?"

아무 생각도 나지 않았고, 마침 칠판 옆 벽에 〈나의 일기〉 영화 포스터가 있었으므로 "난니 모레티 감독을 아주 좋아합니다"라고 말했다. '수업 전 스몰토크가 너무 길어지는 거 아닌가? 언제까지 말을 시키려는 거지?' 싶은 순간, 마티아 선생님이 칠판 앞 책상에 앉아 프로젝터를 가동하고, 노트북 키보드에 대화의 모든 문장을 기록하기 시작했다.

그제야 알았다. 선생님이 학생들에게 내 소개를 부탁한 순간부터 수업은 시작됐고, 그 모든 말들은 수업의 중요한 교재가 되고 있음을. 내 입에서 나와 허공으로 흩어진 불완전한 이탈리아어 단어와 문장 들은, 선생님의 손에서 완벽한 이탈리아어 문장으로 완성되어 스크린에 기록되고 있었다. 이를테면, 난니 모레티에 대해 내가 "Nanni Moretti ha fatto il film *Caro Diario*(난니 모레티는 영화 〈나의 일기〉를 만들었습니다)"라고 말하면, 선생님이 칠판에 "Nanni Moretti è un regista che ha diretto film come *Caro Diario*(난니 모레티는 〈나의 일기〉와 같은 영화를 연출한 감독이다)"
라고 적는 식이다. 내가 만들어 낸 문장과 비교하면서 '아
저렇게 말하면 되는구나'를 바로바로 깨달을 수 있다.

"이 영화 〈나의 일기〉를 좋아하나요?"

"네, 좋아해요."

"이 영화에 대해 설명해 줄 수 있을까요?"

본 지 10년도 넘은 영화에 대해, 게다가 줄거리도 딱히
없이 감독의 독백만 가득했던 영화에 대해 말하라고? 눈앞
이 까마득해졌으나, 모두가 나만 바라보고 있었다. 나는 더
듬더듬 머릿속으로 단어를 찾으며 천천히 말했다.

"음······ 난니 모레티 감독이 스쿠터를 타고 다니고요, 카
메라 앞에서 많은 이야기를 합니다. 이탈리아 사람들과 문
화와 정치에 대해, 그리고······."

선생님이 스쿠터라는 단어를 쓰다 말고 모두에게 "이
유명한 이탈리아 스쿠터는 이름이 뭘까요?" 묻자, 누군가
"베스파?" 하고 대답했다. "Vespa!" 선생님은 베스파로 단어
를 고쳐 쓰며 내게 물었다. "모레티 감독이 베스파를 타고
다니는 도시가 어디죠?"

"로마요!" 갑자기 깨달음이 스쳤다. 그래, 이 영화의 주
제는 그냥 로마 자체였지.

내 얼굴에 가득 담긴 부담을 읽었는지, 선생님은 마르코에게 질문을 넘겼다. "마르코, 좋아하는 이탈리아 감독이 있나요?" 하면서.

마티아 선생님의 수업은 두 시간이 넘도록 같은 방식으로 진행됐다. 우리의 모호하고 부정확한 문법과 단어들을 선생님은 어느 것 하나 놓치지 않고 잡아내 교정했으며, 그 기록은 스크린에 고스란히 보였다. 지금껏 외국어를 배우면서 한 번도 경험하지 못했던 흥미로운 교수법이었다. 이 수업방식의 뛰어난 점은 수업 교재가 학생들 각각의 자유로운 언어라는 데 있다. 학생들은 선생님의 질문에 자신의 방식으로 대답하면서 일상과 동떨어진 교재 속 문장이나 텍스트가 아닌, 각자의 개인적인 스토리 안에서 이탈리아어를 배운다.

마티아 선생님의 수업 덕분에 우리는 또한 서로의 일상과 생각, 취향을 알게 됐다. 샌프란시스코에서 온 퇴직자 마르코는 볼로냐 시청에서 열리는 행사에 주도적으로 참여하고 있었는데, 한번은 학술 컨퍼런스에 다녀온 그가 이런 말을 했다. 이탈리아의 컨퍼런스에서는 A라는 주제를 정해 이야기를 시작해도, 시작한 지 얼마 지나지 않아 B에서 C, D로 널을 뛰며 화제가 바뀌다가 F쯤에서 아무도 예상치 못한 결론이 난다고. 그래서 이탈리아어가 익숙하지 않은 사람들은 그저 당황스러울 따름이라고. 이에 마티아 선생님이 크게 웃으며 고개를 끄덕였다.

그 수업에서 나는 무슨 말을 해도 비극이 되는 러시아 음유시인 같은 청년이 음악에 관심이 많아(그가 뮤지션이었는지 모르겠다) 매일 방과 후에 악기 연습을 하고 있다는 사실을 알게 됐고, 중국에서 온 카를라는 요즘 가족들과 저녁을 먹고 나면 넷플릭스 드라마를 보는 재미에 푹 빠져 있음을 알게 됐다. 비행기 부기장인 당찬 성격의 여자 주인공이 소심한 완벽주의자인 기장과 연애를 시작하는 중국 드라마 스토리가 어찌나 흥미진진한지 우리는 금세 이야기에 빠져들었다. 카를라의 계속되는 드라마 스토리를 들으며 "Cosa è successo(그래서 어떻게 됐는데)?"를 연발한 덕분에 이제 그 표현은 프랑스어보다 익숙해졌다.

바쁜 와중에 잠시 수업에 들른 일본인 의사는 요즘 집에 물이 새는 문제로 집주인과 갈등을 겪고 있다는 근황을 이야기해 주었고, 우리는 100년도 전에 지어진 이탈리아 건축물 안에서 현대인이 살아야 하는 문제에 관해 이야기했다. 물 새는 집 이야기라면 누구 못지않게 사연 많은 파리시민이지만, 나 말고도 다들 할 말이 많은 것 같아(사실은 이탈리아어로 말할 엄두가 나지 않아서) 가만히 듣고만 있었던 게 아쉽다.

호주 할아버지와 나는 함께 참가한 푸드투어에서 발견한 로마냐 지방의 치즈 스콱쿠에로네squacquerone의 맛을 최선을 다해 묘사했고, 역시나 볼로냐 문화라면 모르는 것이 없는 마르코는 우리에게 스콱쿠에로네 치즈를 이용한 앤초비 파스타 레시피를 공유해 주었다. 그 주의 끝에서 우리는 어느새 이탈리아어 반과거 용법을 자연스럽게 구사하고 있었다.

마티아 선생님의 수업 시간에 나는 종종 손목시계의 초침을 오래도록 바라보았다. 1초, 1초, 쉴 새 없이 나아가는 바늘을 보노라면 조금 슬퍼졌고, '다음에 다시 와도 마티아 선생님의 수업을 들을 수 있을까?' 생각하며 애틋해졌다.

나는 새로운 것을 보거나 어떤 생각이 들면, 다음 날 마티아 선생님의 수업에서 어떤 문장으로 이야기할 수 있을까 고민했다. 다른 학생들도 나와 비슷했을 것이다. 하루에도 몇 번씩 다음 날 수업에서 이야기할 문장을 머릿속으로 고치고 또 고쳤을 것이다.

마티아 선생님은 알고 있었으리라. 언어가 서툰 이방인들의 마음속에는 하지 못한 채 남겨진 말들이 수북하다는

것을. 누구도 인내하며 들어 주지 않는 일상의 설움과 발견
과 즐거움이 마땅히 풀어놓을 곳이 없어 밖으로 나오지 못
하고 죽어 가고 있다는 것을. 모두가 질문을 기다리고 있다
는 것을.

마지막 수업

금요일 아침 수업이 시작되려는데 세라피나 선생님이 들어왔다. 늘 그렇듯 거침없는 발걸음과 활기찬 목소리다.

"잠깐 주목해 주세요. 다음 주에는 수업 시간이 오후로 조정되는데 혹시 오후 수업이 불가능한 사람이 있나요?"

다음 주라면 나와는 관계가 없다. 몇 초를 기다리다가 반응이 없자 선생님이 서둘러 큰 소리로 설명했다. "그럼 다들 괜찮은 걸로 알고 변경할게요. 다음 주에는 오후 2시부터 수업이 시작될 거고요, 강의실도 2층으로 바뀔 거예요. 어려움이 있는 사람은 저한테 말씀해 주세요."

선생님이 나가자 기다렸다는 듯 교실 저쪽에서 누군가

말했다. "다음 주에 벨기에서 40명이 새로 오는데, 모두 퇴직한 노인들이래."

나한테 한 말도 아닌데 너무 놀라 소리쳤다. "È vero(진짜로)?" 또 퇴직자야? 게다가 40명이, 벨기에서 이탈리아어를 배우러 온다고? 서양의 퇴직자들에게 이탈리아어는 왜 이리 인기가 있는 걸까?

이런 나의 질문에 며칠 후 만난 남편은 당연하다는 듯 말했다. "퇴직하고 독일어를 배우고 싶진 않겠지." 하긴, 평생 지겹게 강요당한 영어를 더 배우고 싶지도 않겠지. 퇴직하기 전에 못 참고 이탈리아어를 배우는…… 나도 있는데.

데보라 선생님과의 마지막 금요일 수업에서는 이탈리아와 우리의 출신 국가들과 관련한 편견과 진실을 이야기했다. 이를테면, 이탈리아 혹은 이탈리아인에게는 '말이 많다, 운전을 말도 안 되게 한다, 가족이 인생의 중심이다, 관료주의가 심하다, 손으로도 많은 말을 한다, 축구에 미쳤다, 시간 약속을 안 지킨다, 마피아의 나라다' 같은 이미지가 있다. 편견이라고 하기에는 다 너무 맞는 말 같아서 이탈리아인의 의견이 궁금했는데, 데보라 선생님과 하나씩 짚으며 이야기 나눈 결과, 모두 진실에 가깝다는 반전이 있었다.

특히 마피아 이야기가 나오자 데보라 선생님은 마침 몇 십 년 동안 찾지 못했던 시칠리아 마피아 두목이 드디어 구속됐다는 소식을 전해 주었다. 배신자의 가족이라면 아동, 미성년자 가리지 않고 잔인하게 살해한 인물이라고 전하며 선생님은 깨알같이 'Aqua in bocca(입속의 물)'라는 표현을 알려 주었다. '입 단속해!'라는 의미인데, 입속에 물이 있으면 당연히 입을 다물어야 할 것이다. 참으로 직관적이고 머릿속에 쏙 들어오는 표현이 아닌가. 이 시칠리아 마피아 두목은 타인의 명의로 몇십 년을 숨어 살다가, 병원에서 건강 검진을 받고 기분이 좋았는지 의사와 셀카를 찍어 SNS에 올렸고, 그 사진으로 덜미를 잡혀 체포됐다고 한다. 마피아는 이제 이탈리아의 일만이 아닌 모양이었다. 우리 반 사람들은 저마다 자기 동네 마피아에 대해 할 말이 많았고, 샌프란시스코, 보스턴, 시드니, 심지어 러시아에서 활약하고 있는 마피아들 이야기가 오랫동안 펼쳐졌다.

샌프란시스코 출신의 마르코는 미국에 대한 편견과 진실에 대해, 오바마와 트럼프로 대표되는 민주당과 공화당, 진보와 보수의 틀로 나누어 미국인의 삶을 한참 묘사했다. 진보 성향의 미국인들은 트럼프 대통령 재임 기간 동안 국경 너머의 시선을 예민하게 의식하고 있었고, 그런 시선이 그들에게 트라우마로 남은 것 같았다. 미국에 부정적인 이미지가 있다면 그게 비단 트럼프 때문만은 아닐 테지만, 국경 밖에 나와 사는 사람으로서 내 고국을 향한 세계인의 시선에 예민해지는 상황은 이해할 것 같았다.

러시아 청년이 입을 열었을 때 나는 기대했다. 1년 넘게 우크라이나인은 물론이고 세계인을 고통(치솟는 전기세와 인플레이션의 고통이여!)에 빠뜨리고 있는 블라디미르 푸틴의 이야기를 들을 수 있을까 해서. 솔직히 그를 볼 때마다 나는 우크라이나가 떠올랐고, 그가 혹시 징병을 피해 국경을 넘은 게 아닐까 하는 상상도 했다. 이탈리아어를 그렇게 슬프게 구사하는 건 아무나 할 수 있는 일이 아니므로. 허나 그는 나의(우리의) 기대를 아는지 모르는지, 러시아 사람들은 외국인들이 생각하듯 술을 아주 많이, 잘 마신다는 것과 사람들이 생각하듯 러시아는 너무나 추운 나라라는, 그다지 궁금하지 않은 이야기만 오래 해서 김을 뺐다. 문득 다른 나라 사람들도 나를 볼 때마다 북쪽의 위원장 김정은을 생각하고 그 이야기를 궁금해할지 모른다는, 확신에 찬 추측이 스쳤다. 그래도 어쩔 수 없었다. 나는 그에 대해 아는 바가 별로 없고, 이 햇살 가득한 금요일 아침 마지막 이탈리아어 수업에서 분단의 슬픔을 이야기하고 싶지는 않으니까(어쩌면 러시아 청년도 그런 마음이었을까). 그리하여 나는 외국인들은 한국인에게 근면, 성실, 과묵함 같은 이미지를 갖지만, 우리가 얼마나 다혈질의 뜨거운 사람들인지 이야기했고, 이에 데보라 선생님은 어쩌면 매운 음식을 먹는 민족들이 다 그런지 모른다며 이탈리아의 매운맛을 이야기했다. 그러자 그날 처음 등장한, 아일랜드의 시골에서 온 창백한 피부의 소녀가 '떡볶이'라는 단어를 정확하게 발음했고, 조제는 한국 영화에 자주 나오는 한국어를 안다며 C로 시작하는 욕을 찰지게도 외쳐서 나를 경악시켰다. 한류는 허상이 아니었다.

보스턴에서 온 젤라토 청년 조제는 출신 국가인 브라질에 대해 말했다. 외국인들은 브라질 사람들이 일하기 싫어하고 해변에서 놀기만 좋아하는 줄 아는데, 그건 사실이라며 자신의 아버지 이야기를 들려줬다. 버스를 운전하던 그의 아버지는 어느 날 일하기가 지겹다며 방향을 돌려 해변으로 갔고, 그 일로 해고당한 후 지금까지 해변에서 즐겁게 지내신다고 했다. 어찌나 해맑게 이야기하는지, 머릿속에 내내 떠오른 '그럼 이후로 생계는 누가?' 같은 걱정을 꺼내놓을 수 없었다. 내게 이런 사연이 있다면 그 이야기를 조제처럼 명랑하게 할 수 있었을까? 나였다면 이후에 불어닥친 가정경제 위기와 책임감 같은 것을 이야기하느라 심각해졌을 것이고, 샌프란시스코에서 온 마르코였다면 그런 아버지의 선택을 사회문화적 환경에 기반해 분석한 긴 글을 써 왔을 것이며, 영국 청년 션이었다면 아버지의 심상치 않던 아침 출근부터 핸들을 돌려 해변으로 가기까지의 과정을 누구 하나의 관심을 놓칠세라 긴박감 넘치게 이야기했을 것이다. 그리고 중국 소녀 카를라였다면 "우리 아버지도 일보다 노는 걸 더 좋아하죠"까지 말하고 눈을 감아 버렸을지 모르겠다.

나는 우리 반 누구보다도 조제의 말에 자주 놀랐다. 우리 모두 같은 이야기를 저마다 다르게 보고 다른 방식으로 이야기하겠지만, 특히 남미에서 온 조제의 세계는 나의 세계와 정 반대편에 있는 것 같았다. 그를 보며 자주 생각했다. 그의 세계를 닮고 싶다고. 젤라토를 소중하게 여겨 주말에는 열심히 젤라토 축제에 가고, 해고당한 아버지 이야기를 아픔 없이 있는 그대로 이야기하는 사람이 되고 싶다고. 나는 인생을 너무 심각하게 사는 경향이 있다.

금요일 수업의 끝에서 데보라 선생님이 잊지도 않고 진지한 표정으로 말했다.

"오늘이 미성의 마지막 수업이죠."

모두가 나를 바라보았다. 뭔가 의미 있는 말을 해야 할 것 같은데, 고작 5일을 만나고 "영원히 잊지 못할 거예요" 같은 말을 주워섬길 수는 없어 잠시 생각에 잠겼다. 데보라 선생님이 말을 이었다.

"미셸, 짧은 시간이었지만 당신과 함께여서 즐거웠고, 감사했어요. 덕분에 잘 몰랐던 한국을 알게 됐고, 이야기를 나누며 많은 생각을 했던 것 같아요. 남은 시간 즐겁게 보내고 파리로 잘 돌아가길 바라요."

아, 참으로 적절한 온도의 인사가 아닌가. 그 분위기를 이어 나도 말했다.

"저도요. 여러분 모두를 알게 돼서 좋았어요. 모두 이탈리아어 공부를 지금처럼 잘 이어 가길 바랍니다."

그리고 자리에서 일어나 한 명씩 짧게 인사를 나눴다. 호주 할아버지와 정성스럽게 인사를 하고, 행정실 사람들에게도 감사의 말을 전했다. 인스타그램 아이디라도 풀어야 하나 잠깐 생각했지만, 하지 않기로 했다. 지금도 스마트폰을 열면 너무나 많은 '잘 모르는' 사람들의 사생활이 펼쳐지고 있는데, 어떤 관계는 모르는 채로 남겨지는 게 좋을 것 같았다. '좋은 추억으로만' 남기는 선택이 힘들어진 시대에는 이를 위한 노력이 오히려 귀하게 느껴진다.

그리고, 그렇게, 끝이었다. 어학원을 뒤로하고 골목길을 걸어 나가는 한 발 한 발이, 마치 잠에서 깨 현실로 돌아오는 과정 같았다. 이 꿈을 꾸는 일주일 동안 단 한 순간도 파리에서의 걱정거리들이 머릿속에 떠오른 적이 없었다. 깨고 싶지 않은 멋진 꿈이었다. 내 얼굴은 꿈속에서 내내 빛났을 것이다.

내 생애 가장 새로운 일주일

마침내 토요일이다. 매일 아침 커피를 만들어 주어야 한다는 책임감에 새벽잠을 설쳤을 마테오에게 미안해서 토요일 아침은 알아서 해결할 테니 신경 쓰지 말라고 당부해 두었다. 그러나 아침부터 부엌에서 덜그럭거리는 소리가 들렸다. 시간을 확인하려고 스마트폰을 여니 밤사이 비토리아가 보낸 메일이 떴다. 내가 관심 있어 했던 볼로냐 시민 협동조합 자료들이었다. 아, 부지런하게 자상한 사람들. 어제 저녁의 일들이 떠오른다. 내가 가장 좋아하는 이탈리아 요리 중 하나라고 말했던 걸 잊지 않고 비토리아와 마테오가 토마토소스 가지 요리인 파르미지아나 디 멜란자네

Parmigiana di melanzane를 준비해 감동했던 기억과 와인을 마시며 이탈리아와 한국, 프랑스, 아이가 있는 삶과 없는 삶을 이야기했던 기억.

아, 그리고 사진이 있었다. 내가 다 같이 사진을 찍자고 했을 때 느꼈던 그들 부부 사이의 긴장감이 떠오른다. 비토리아가 "키아라도?" 하더니 잠시 침묵 후 키아라에게 물었었다. "너도 같이 사진 찍고 싶니?" 키아라가 당연하다는 듯 "네! 네! 나도 찍을래요!" 했는데, 영문을 모르고 당황했던 나는 뒤늦게 이해했다. 이들이 아이의 초상권을, 나의 SNS를 타고 인터넷에 흘러 다닐지 모를 아이의 얼굴을, 또 그로 인해 발생할 수 있는 위험을 걱정하고 있다는 것을. 그러나 내게 아이 사진은 찍지 않았으면 좋겠다거나, SNS에 올리지 말았으면 좋겠다고 말하지 못하고 있었다는 것을. 순간, '내가 아이가 없어서 무지했구나' 하는 반성이 들었다. 게다가 내가 이 여행에 관련한 책을 쓸 수도 있으니 더욱 신경이 쓰였을 것이다.

천천히 준비를 마치고 혹시 몰라 주방으로 나가니, 역시나 식탁 위 내 자리에 아직 뜨거운 커피포트와 몇 가지 빵과 비스켓 등이 놓여 있었다. 커피를 따라 마시는데, 적막한 집에 혼자 남겨진 기분이 어색했다. 이제 떠나는구나, 실감이 났다. 오늘은 파리에 있는 남편이 저녁 비행기로 볼로냐에 오는 날이다. 남편과 함께 머물기 위해 예약한 에어비앤비 아파트가 오후에야 체크인이 가능해 그 시간까지 이 집에 짐을 맡겨 두기로 했다. 주방 앞 복도 구석에서 로미를 닮은 고양이 마카가 나를 지켜보고 있었다. 명랑한 성격의 검은 고양이 타테는 그동안 많이 친해져서 등도 쓰다듬을 정도가 됐는데, 덩치 큰 마카는 여전히 긴장을 내려놓지 못하고 나를 탐색 중이었다.

비토리아가 토요일 오전에 가 볼 만한 곳으로 알려 준 재래시장을 돌아보고, 주말을 맞아 흥겨운 사람들 사이에서 점심을 먹었다. 서점까지 들렀다가 돌아오니 키아라와 비토리아가 집에 돌아와 있었다. 오후에 키아라 친구의 생일파티가 있다며, 부산스럽게 이 옷, 저 옷을 입어 보고 있었다.

　"키아라에게 줄 선물이 있는데 지금 줘도 괜찮을까?" 하며 다가가자, 비토리아가 내가 들고 있는 쇼핑백을 보고 반가워하며 말했다. "아, 그 서점에 다녀왔구나. 우리도 너무 좋아하는 곳이야. 그래도 선물까지 살 필요는 없는데!"

　리브레리아 스토파니Libreria per Ragazzi Giannino Stoppani는 볼로냐 중심가에 있는 그림책 전문 서점이다. 볼로냐에서 매해 열리는 국제아동도서전이 세계적으로 유명한 만큼, 꼭 가 봐야 할 곳으로 파리에서부터 염두에 두었는데, 실제로 가 보니 규모도 크고 분위기가 아주 좋았다. 매일같이 들러 아름다운 그림책들을 감상하다가 《Hello Atlas》라는, 서로 다른 언어의 '안녕!'이라는 인사를 세계 지도에 따라 각국의 아이들 그림과 함께 소개한 그림책을 보고 키아라에게 선물해야겠다고 생각했다.

조심스럽게 포장을 뜯는 키아라와 비토리아의 얼굴 가득 미소가 퍼졌다. 키아라는 "그라치에" 하고는 재빨리 소파에 가 앉더니 책을 탐독하다가 "내가 가진 책 중에 제일 좋아요"라고 소리쳤다. 비토리아도 이런 책이 있는 줄 몰랐다며 "Molto interessante(아주 흥미로워)!"를 연발했다.

'내가 받은 거에 비하면 별거 아니지' 하는 마음을 담아 "프레고"를 반복하다가 조심스럽게 영어로 말을 이었다.

"약속하고 싶은 게 하나 있어. 키아라를 비롯한 너희 가족들 사진은 절대 어디에도 공개하지 않을게. 내가 아이가 없어서 사진이 위험할 수 있다는 생각을 미처 못 했어."

그러자 비토리아가 기다렸다는 듯 말했다.

"고마워. 사실은 나보다도 마테오가 늘 키아라 사진에 예민해. 우리 신문에(비토리아는 지역신문을 발행하고 있다) 가끔 키아라 뒷모습이라도 나오게 되면 얼마나 민감하게 구는지 몰라. 요즘 SNS에 올라가는 아이들 사진이 안 좋게 사용되거나 범죄에 이용되거나 한다는 이야기를 여기저기서 많이 듣고 있거든."

나는 그간 비토리아가 안고 있었을 마음의 짐이 가벼워지길 바라며 "그럼, 그럼, 맞아, 조심해야지" 하며 열심히 고개를 끄덕였다.

얼마 후 마테오가 돌아왔고, 키아라 옆에 앉아 내가 선물한 그림책을 한동안 함께 보다가 내게 미소 지으며 말했다. "정말 좋은 선물을 줬구나. 너무 고마워."

그 선물에는 어른인 내가 어린 키아라에게 갖는 애정과 기대와 다짐이 가득 담겨 있음을, 그들은 이해했을까?

이제 슬슬 출발해야지, 하는데 마테오가 말했다.

"실은 나도 책을 한 권 준비하고 있어. 심리적으로 어려움이 있는 청소년을 위한 책인데, 아동심리학자인 내 친구가 글을 썼고 내가 일러스트를 그렸어. 한번 볼래?"

환호하는 나를 데리고 그는 그 집의 다른 쪽, 그러니까 비토리아의 작업실을 지나 내 방 앞까지 가, 그 옆에 나란히 있던 방문을 열었다. 그의 작업실이었다. 사방의 벽에 길게 이어진 책상 위로 캔버스와 유화 물감들과 각종 미술용품이 깔끔하게 정돈되어 있었고, 벽에는 그의 유화 작품들과 키아라가 그린 작은 스케치들이 가득 걸려 있었다. 그저 감탄사만 연발하게 되는, 그를 닮아 차분하고 세련된 멋진 공간이었다. 벽에 걸린 작품 하나하나 설명을 듣고 그의 책 일러스트를 구경하며 깨달았다. 그가 내게 자신의 진짜 세계를 보여 주고 있음을. 그의 마음이 이제야 열렸다. 열두 번의 식사를 함께하는 동안에도 그는 계속 탐색 중이었던 것이다. 그러고 보면 이 집의 두 고양이는 이 부부를 많이 닮았다. 신중하고 조심스러운, 듬직한 고양이 마카와 명랑하고 금세 친해지는 고양이 타테.

우리는 서로의 책이 출간되면 소식을 나누기로 약속하고, 저녁 비행기로 도착하는 바람에 내 남편을 만나지 못하는 것에 아쉬움을 표현하며 인사를 나누고 헤어졌다. 세 명의 이탈리아인 가족이 멀어지는 나를 향해 손을 흔들었다.

돌길과 부딪혀 요란한 소리를 내는, 터질 듯한 캐리어를 끌고 다시 볼로냐 거리를 걸었다. 이제 끝이구나, 하는 홀가분한 마음과 이렇게 끝인가, 하는 섭섭한 마음이 교차했다. 이한 주를 보내기 위해 그토록 고민했던가 싶어 웃음도 났다.

이만큼 좋은 경험이 될 걸 알았다면 1초도 고민하지 않았을 텐데.

이 일주일이 아니었다면, 나는 이탈리아 북부의 중소도시에서 매일 저녁 불교음악을 틀어 놓고 한 시간씩 명상하는 이탈리아 여자를 만날 일도, 그로부터 "모든 근심과 해결책은 내 안에 있어", "더 많이 알수록 우리 자신이 얼마나 모르는지를 알게 되지. 그래서 나는 자주 Non lo so(나는 몰라요)라고 말해" 같은 말을 들을 일도 없었을 것이다. 또한 세상에는 '해야 할 일'과 '하고 싶은 일' 모두를 양팔에 끼고 부지런히 넘나드는 사람들이 아주 많다는 것을, 건축가면서 화가인 이탈리아 남자와 지역신문 발행인이면서 여행업도 함께하며 육아까지 병행 중인 이탈리아 여자를 통해 알아갈 일도 없었을 것이다. 그뿐인가. 많은 사람들이 '해야 할 일'이 끝난 퇴직 이후의 삶을 그 어느 때보다 거침없이 개척하고 있으며, 노화로 인한 육체적 핸디캡은 새로운 삶을 시작하는 데 생각보다 큰 장애가 아닐 수도 있음을, 직접 보면서 확인할 일도 없었을 것이다.

매일 회사와 집만 오가며 작은 일에 분노하고 걱정하는 게 습관이 되면 어느새 잊게 된다. 내 앞의 선택지는 길고 다양하게 이어질 수 있으며, 삶은 얼마든지 다르게 펼쳐질 수 있다는 사실을. 서른 살 이후로 이렇게 '새로운 사람'으로 거듭난 것 같은 기분이 든 적이 있었던가. 제도권 안으로 더 깊숙이 들어가 나를 깎아 내는 기분이 든 적은 많았어도, 내 안의 또 다른 내가 이토록 자유롭게 밖으로 나와 살아 숨 쉬는 기분을 느껴 본 적은 없었다. 좁아지지 말자, 한발 뒤에서 더 넓게, 더 멀리 보고 가자, 이 한 주의 기분을 잊지 말자. 길을 걷는 내내, 간절하게 되뇌었다.

휴가를 내고 저녁 비행기로 도착한 남편의 얼굴에는 시작하는 여행의 설렘이 가득했다.

숙소에 짐을 풀고 나니 에어비앤비 주인이 소개해 준 집 주변 식당이 문을 여는 시간까지 한 시간가량이 남아 있었다. 우리는 대학가의 와인바에 갔다. 와인을 마시며 나는 마치 우리 동네인 양 볼로냐를 설명해 주었다. "볼로냐는 도시 중심에 회랑이 쭉 연결되어 있는데, 이건 볼로냐가 유럽에서 가장 오래된 대학도시라는 것과 관련이 있지" 하면서. 볼로냐의 역사와 도시 규모와 특징과 먹어야 할 것과 보아야 할 것들에 대해 그동안 주워들은 것들을 두서없이 이야기했지만, 사실 도시 관광은 나도 이제 막 시작할 참이었다.

와인잔을 비우고 일어나야 할 시간. 저 멀리 서버가 가게 앞에서 누군가와 계속 이야기를 나누느라 올 생각을 안 했다. 남편이 서버를 불러 계산하겠지, 하고 기다리는데 남편이 웃음기 가득 담아 말했다.

"이제 볼로녜즈(프랑스어로 '볼로냐 여자'라는 뜻)가 되셨는데, 이 정도는 할 수 있잖아?"

그 태도가 얄미워서 순간 발끈했다.

"내가 그런 기초 대화도 못 할까 봐? 얼마나 유창한지 잘 보기나 하셔."

벌떡 자리에서 일어나 서버에게 당당히 다가갔는데, 이럴 수가, 오랜만에 프랑스어를 써서 그런지 이탈리아어 단어가 갑자기 생각이 안 났다. 저 뒤에서 남편이 보고 있을 텐데. 나는 서버에게 지갑을 살짝 들어 보이며 간단한 이탈리아어 단어로 말했다. "가능한가요?" 그러자 그가 무전기를 들고 말했다. "여기 여자 손님, 와인 두 잔 계산하러 들어갑니다." 그의 말을 듣고서야 그래, '계산하다'는 pagare였지, 매일 쓰던 그 단어가 왜 갑자기 생각이 안 났을까, 싶었다.

계산을 마치고 나온 나는 의기양양하게 말했다.

"나 이탈리아어 하는 거 봤지? 너는 좋겠다. 이탈리아어 잘하는 아내 덕에 편안하게 여행할 수 있어서."

이제 본격적인 이탈리아어 실전 연습이 시작됐다.

피렌체의 온기

볼로냐에서 피렌체까지는 고속열차로 40분, 일반열차로 한 시간이 걸린다. 제시간에 도착하는 법이 없다는 근거 있는 소문 때문에 이미지가 좋지 않지만, 이탈리아 기차는 프랑스에 비해 운임이 무척 저렴한 편이다. 게다가 이탈리아는 시외버스로 여행하기도 좋아서 남편과 나에게 이탈리아 대중교통은 후한 평가를 받고 있다(프랑스는 시외버스 운영이 잘 안 되고 있는데, 어떤 조직의 로비가 있는 것은 아닌지, 이탈리아에서 버스나 기차를 탈 때마다 심각하게 의심하게 된다).

볼로냐에서 주말을 보내고 월요일 아침, 우리는 일반

열차를 타고 피렌체에 갔다. 간밤에 내린 폭설로 하얗게 눈이 쌓인 지붕들과 포도밭 풍경이 창밖으로 한동안 펼쳐지더니, 에밀리아로마냐주를 벗어나 피렌체가 있는 토스카나주에 들어서자 거짓말처럼 설경이 사라지고 햇살이 광활한 평야를 눈부시게 비추었다. 나의 여행이 다른 국면에 들어선 것처럼.

피렌체에는 우리 커플에게 아주 의미 있는 식당이 하나 있다. 오래전 아직 남자친구였던 남편과 피렌체에 처음 갔을 때의 일이다. 둘 다 학생 신분이었고 여행경비는 빠듯했으므로, 그 트라토리아trattoria, 간단한 요리를 파는 대중식당에 들어가기까지 상당한 시간을 망설였던 기억이 난다. 그래도 피렌체를 여행하는데 매 끼니를 샌드위치와 피자만으로 때울 수는 없어서 한 끼는 피렌체 음식을 제대로 맛보자, 하며 들어간 그곳은 피렌체에서 모르는 사람이 없다는 유명 셰프의 식당 두 곳 중 하나라고 했다. '치브레오 트라토리아Cibrèo Trattoria'라는 이름으로, 가스트로노미gastronomie, 예술적 수준의 정제된 요리 수준의 고급 요리를 파는 치브레오 리스토란테ristorante, 트라토리아보다 고급화된 파인 다이닝 식당 옆에 별책부록처럼 붙어 있는 캐주얼하고 대중적인 식당이었다. 유명한 식당인 만큼 테이블은 꽉 찼고, 우리는 예약하지 않은 손님들이 모여 있는 단체 테이블로 안내됐다. 대부분 커플인 여덟 명 정도의 사람들이 서로의 팔이 닿을 만큼 비좁게 앉아 있었다. 빠듯한 예산에 맞춰, 안타깝지만 와인은 마시지 않기로 하고 기대감에 가득 차 음식을 기다리고 있는데, 맞은편에 앉은 일본인 커플에게 와인 한 병이 서빙됐다. 일본인 남자는 서버가 따라 준 와인잔을 높이 치켜 올리더니 조명 아래 빙글빙글 돌리며 심각한 표정으로 들여다보다가 드디어 한 모금 마시고는 "오!" 하고 요란하게 감탄사를 연발했다. 테이블의 다른 사람들은 홀린 듯이 그 모습을 바라보다가 각자 마시고 있던 와인을 홀짝였는데, 우리 두 사람이 홀짝일 거라고는 눈앞에 놓인 물 한 잔이 다였다. 일본인 남자의 퍼포먼스같이 화려한 시음은 계속됐고, 이탈리아 와인의 맛을 알고 있는 우리로서는 어쩔 도리가 없었다. 와인 리스트를 다시 검토해 주문하는 수밖에.

15년도 더 지난 이 밤의 식사를 잊지 못하는 이유는 그 이후에 일어난 일 때문이다. 반 병의 와인을 주문해 식사를 마친 다음이었다. 남편이 서버를 불러 계산서를 요청하자 서버가 활짝 웃으며 유쾌하게 무슨 말인가를 하고 갔다. 이 탈리아어를 전혀 몰랐던 내가 무슨 일이냐고 묻자, 남편이

겸연쩍은 듯 웃으며 대답했다. "Il conto, per favore"라는, 계산서를 부탁한다는 말을 해야 하는데, "Il sconto, per favore"라며 할인을 부탁한다고 잘못 말했다고. 그러자 서버가 활짝 웃으며 "할인을 해 달라고요?" 하며 놀렸다고. 남편은 얼굴이 빨개져서는 "아, 그걸 왜 헷갈렸지?" 하며 머리를 쥐어뜯었다.

얼마 후 서버가 테이블 위에 놓고 간 계산서에는 와인값이 청구되어 있지 않았다. "이게 뭐지, 실수인가?" 하며 바라본 저 멀리 안쪽에서, 셰프인지 지배인인지 알 수 없는 누군가가 우리를 보고 보일 듯 말 듯 윙크를 하는 것 같았다. 그것은 이탈리아어가 서툰 관광객을 향한 그의 농담이었을까. 혹시 그는 우리 테이블에서 일어나는 일들을 다 보고 있다가 가난한 두 손님에게 나름의 선물을 주고 싶었던 걸까. 우리 두 사람은 오랫동안 잊을 만하면 그 일을 꺼내며 '치브레오'라는 식당의 이름을 마음에 새겼다.

비로소 우리가 그 식당에 다시 간 건 이번 여행에서다. 15년 만이었다. 피렌체에는 이름난 맛집이 많았고 여러 곳을 경험하려다 보니 다시 갈 일이 없었다. 이번에는 문득 추억에 젖어 학생 때 엄두 내지 못했던 치브레오의 가스트로노미 식당을 예약했다. 피렌체 식당들이 대부분 내놓는, 맛은 있지만 언제 와도 변화는 없는 향토 요리에서 벗어나 현대적인 해석이 들어간 모던한 요리를 경험하고 싶었고, 피렌체에서는 모르는 사람이 없다는 그 유명한 셰프 파비오 피키Fabio Picchi의 요리를 제대로 맛보고 싶었다.

요리는 전식과 디저트가 특히 훌륭했다. 십수 개의 야채 절임과 테린terrine, 프로슈토, 치즈를 조금씩 맛볼 수 있는 전식 요리를 주문했는데, 각각 재료의 맛이 신선하게 살아 있으면서 간도 정확했다. 그 안에 그리스, 스페인, 터키까지 지중해 음식의 맛이 다 스며 있는 것 같았다. '로미냐노Romignano'라는 (파리에 두고 온 나의 고양이 로미가 떠오르는 운명적인) 이름의 내추럴 와인도, 그 지역의 일반적인 산지오베제Sangiovese, 이탈리아 중부지역의 주요 적포도 품종. 이탈리아 포도밭의 10퍼센트를 차지하는 가장 흔한 품종 품종이 아닌 온전히 칠리에지올로Ciliegiolo, 토스카나 포도 품종으로 주로 블렌딩에 사용 품종으로만 만든 와인이었는데 이번 여행에서 맛본 토스카나 와인 중에 가장 좋았다. 디저트로 주문한 '쓴맛 오렌지 치즈케이크'는 단맛과 신맛, 쓴맛의 조화와 오렌지의 상큼함, 치즈케이크의 부드러움이 평소 디저트를 즐기지 않는 우리 두 사람 모두 한입 넣자마자 눈이 동그래져 감탄사를 내지를 정도였다. 식사의 끝에서 잔인한 수치의 계산서를 마주하면서도 내내 행복감에 젖어 있었다면, 만족스러운 식사였다고 말할 수 있지 않을까.

이번 치브레오 방문에서 가장 인상적인 장면은 식당 밖에서 연출됐다. 다음 날 점심을 먹고 산책하다가 다시 치브레오 식당 주변에 발길이 닿았는데, 전날 밤에는 어두워서 보이지 않던 식당 주변의 풍경이 눈에 들어왔다. 오래전 기억 속에는 그저 치브레오 리스토란테와 그 옆의 별책부록 같은 치브레오 트라토리아가 다였는데, 식당 옆으로 '치브레오'라고 쓰인 명판이 붙은 가게들이 많았다. 길 하나를 사이에 두고 건너편으로는 치브레오 카페가 있었고, 그 둘을 양쪽에 끼고 '테아트로 델 살레Teatro del Sale, 소금의 극장'라는 이름의, 누가 봐도 식당에서 파생한 극장이 있었다. 리스토란테 왼쪽 옆에는 일본 식당 치블레오Cibleo가 있었으며, 오른쪽으로 상탐브로지오Sant'Ambrosio 시장을 끼고 돌면 치비오C.Bio라는 이름의 식품점이 있었다. 리스토란테, 트라토리아, 카페, 일본 식당, 식품점 그리고 극장까지, 치브레오의 명판을 단 가게가 길 하나를 사이에 두고 여섯 개나 위치한 놀라운 풍경이었다. 대기업의 문어발식 확장인가, 하는 생각이 먼저 스쳤지만 가게들을 하나하나씩 살피다 보니 다른 생각이 들었다. 어쩌면 치브레오의 경영자 파비오 피키 셰프는 피렌체 음식을 중심으로 일종의 공동체 문화를 보존하고 이끌어 가려는 욕심이 있었던 게 아닐까.

무엇보다 테아트로 델 살레가 눈에 띄었다. 극장 입구의 한쪽 벽에 이 공간의 취지가 길게 설명되어 있었는데, 파비오 피키 셰프와 그의 아내인 마리아 카시 예술감독이 2003년 기술과 영감을 결합해 만든 회원제 예술 공간이라는 내용이었다. 나중에 찾아보니 극장 안에 공연장과 넓은 주방이 함께 있어서 매주 일요일에는 뷔페식 브런치를 먹을 수 있고, 저녁 공연을 보면서는 식사를 함께 할 수 있는 프로그램들이 있었다. 한 해 회비는 우리 돈으로 2만 원이 채 되지 않았고, 공연과 식사가 포함된 요금도 저렴한 수준이었다. 문턱을 낮춰 동네 주민들이 부담 없이 모일 수 있는 문화 공간, 미식 공간을 제공하려는 취지가 다분했다.

조금 의외라고 할 수 있는 일본 식당도 흥미를 끌었다. 일본 요리뿐 아니라 한국 요리도 선보이는 것 같았는데, 피키 셰프가 두 나라 요리에 애정이 깊다고 했다. 흥미로운 건 '치블레오Cibleo'라는 이름이었다. 아마도 R 발음을 L 발음과 자주 혼동해 치브레오Cibreo를 잘못 발음하는 동양인들에 대한 유머 같았다. 동양 문화에 애정과 이해가 깊지 않다면 쉽게 나올 수 없는 센스였다.

이쯤 되니 나는 이 모든 일의 기획자이자 경영자인 파비오 피키가 무척 궁금해졌고, 파리에 있는 김윤선 셰프를 떠올리게 됐다. 김윤선 셰프는 파리에서 마 키친Ma Kitchen, 쌈Saam, 아히포케Ahipoke, 온도Ondo를 성공적으로 운영해 오고 있는, 내 눈에는 파리 스트리트 푸드계의 요정 같은 사람이다. 그가 몇 해 전 돌연 다시 요리를 배우기 위해 피렌체로 떠난다고 해서 놀란 적이 있는데, 그때 파비오 피키 셰프 아래서 배웠다고 들은 기억이 났다. 파리로 돌아와 윤선 셰프를 찾아갔다.

"피키 셰프님이 돌아가셨다고요? 진짜요? 언제요?"

2022년에 작고한 파비오 피키 셰프의 소식을 몰랐다는 윤선 셰프는 믿기지 않는다는 듯 몇 번을 되묻다가 추억에 잠겼다. 그는 2019년 즈음 급여가 없어도 좋으니 같이 일하면서 배우고 싶다는 마음으로 치브레오 식당에 무작정 찾아갔다. 피키 셰프가 직접 면접을 보았고, 치브레오 이름을 단 식당 중 가장 마지막에 생긴 식품점 치비오에서, 프랑스어를 잘하는 이탈리아인 크라우디아 셰프의 도움으로 일할 수 있게 됐다. 그녀는 그곳에서 일했던 약 두 달이 지금 돌아봐도 참 좋은 시간이었다고 했다. 함께 일했던 피키 셰프와 중간 통역을 담당해 주었던 크라우디아 셰프에게서 어디에서도 배우기 힘든 귀한 것들을 배웠다. 피키 셰프는 "요리는 다섯 줄의 기타 연주와 같아서 다섯 가지 재료(올리브오일, 마늘, 소금, 후추, 세이지)의 변주로 맛을 내는 것"이라고 자주 말했다. 매일 아침 앤초비, 올리브와 같은 재료를 들고와 직접 손질하는 법과 다루는 법, 요리법을 상세하게 설명해 주었고, 토스카나 지역 농부들이 재배한 재료만을 사용했다. 건물 옥상의 텃밭에는 커다란 사과나무 주변으로 각종 계절 야채, 과일 들이 자라고 있었고 피키 셰프 본인이 하나하나 이름을 써 놓고 관리했다. 윤선 셰프는 피키 셰프의 요리에는 현란한 기교가 없었지만, 재료 본연의 맛을 최대한 살렸고 그 어떤 가스트로노미 식당보다도 뛰어난 맛을 냈다고 회상했다.

　토스카나 지역의 장인들과 농업, 먹거리 산업의 상생을 중요하게 생각했던 피키 셰프는 손맛 또한 귀하게 여겼다. 나는 이 부분이 특히 흥미로웠는데, 그는 파스타 면은 기계가 아닌 꼭 손으로 만들어야 한다는 철학이 있었고, 이를 위해 동네 할머니들을 고용했다고 한다. 저녁이 되면 동네 할머니들 몇 분이 와서 두세 시간 동안 피키 셰프의 설명대로 파스타 면을 만드는 아르바이트를 하고 집으로 돌아갔다고. 손맛에서 더 나아가 '어머니의 손맛'을 재현하기 위함이었을까? 동네 노인들에게 그들이 잘할 수 있는 일을 맡기면서 경제적인 도움을 주고 싶었을까?

피키 셰프는 아시아 문화를 무척 좋아했고, 세상일 전반에 늘 관심을 두었으며, 무엇보다 사람을 좋아했다. 그 때문인지 '치브레오'의 이름을 단 모든 식당의 주방 분위기는 항상 활기차고 따뜻했으며, 일하는 사람들 모두가 서로 배려하고 응원했다고 한다. 매일 아침 일하러 가기 위해 일어나는 마음이 행복했다고, 무엇보다도 그곳에서 함께 일한 사람들이 가장 기억에 남는다고 윤선 셰프는 말했다.

사람들이 너무 좋아서 아침 기상이 행복해지는 일터라니, 그런 꿈 같은 곳이 정말 있단 말인가. 그 이야기를 들으며 내 짐작이 맞았음을 알았다. 피렌체 주택가 한복판, 상탐브로지오 시장 옆에 만들어진 일명 '치브레오 거리'는, 모두가 함께 잘 살면서 지역문화를 지켜 가고 공생하기 위한 목적으로 만들어졌을 것이다. 그리고 15년 전 치브레오 트라토리아 계산서 사건은, 우리의 짐작 혹은 바람대로 그곳에서 일하는 누군가의 온기 어린 선물이었으리라!

윤선 셰프와 헤어져 집으로 가는데, 보슬보슬 내리던 비가 그치고 해가 나왔다. 반가운 봄 햇살 속에 잠시 서 있으려니, 피렌체의 한적한 오후 상탐브로지오 시장이 떠올랐다.

오전 장이 모두 파한 후 시장은 정리되고 있었고, 남편과 나, 우리 두 명의 여행자는 시장 앞 카페의 작은 마당에서 커피를 마시는 중이었다. 겨울 햇살이 시장의 넓은 광장을 포근하게 비추고 있었다. 정리를 다 마친 인부들이 하나둘씩 뒤편의 테이블로 모여들었고 "커피가 아니라 위스키를 마시는 건 어때?" 하면서 낄낄거리는, 하루의 일을 모두 마치고 홀가분해진 사람들의 농담이 들려왔다. 나른한 햇빛 아래 그들의 나직한 수다를 듣고 있노라니 이상하게 마음이 푸근해졌다. 그때 생각했었다.

여긴 왜 이렇게 따뜻할까. 이곳에 녹아들어 살고 싶다. 더 나이가 들면, 이렇게 사람의 온기가 가득한 곳에서 햇빛 가득 담긴 음식을 먹고 살면 좋겠다.

그리고 10년의 계획

많은 사람에게 그렇겠지만, 피렌체는 내게도 각별한 도시다. 20년 넘게 파리에 살면서 배낭여행, 가족여행, 남편과의 주말여행, 그리고 혼자 떠난 여행까지 열 번 이상 다녀왔다. 그렇다 보니 다른 어느 해외 도시보다 많은 추억이 곳곳에 묻어 있다. 그만큼 자주 다녀갔으면 질릴 법도 한데, 피렌체는 알면 알수록 더 알고 싶어지는 곳이다.

피렌체 여행 중 가장 기억에 남는 건 역시 혼자 다녀온 여행이다. 내 젊음이 의미 없이 흘러가고 있다는 생각에 창밖만 바라보면 절망감이 밀려오던 초보 직장인 시절, 피렌체행 비행기 티켓을 사서 무작정 떠난 적이 있다. 밤 비행기를 타고 피렌체에 도착해 고요하게 흐르던 아르노 강변을 걸으며 왠지 모르게 차분하게 마음이 정리되던 때를 기억한다. 글을 쓰며 혼자 지내던 그 일주일 동안 매일 새벽 겨울 안개가 짙게 낀 강변을 산책했는데, 그 시간의 사색과 성찰의 힘으로 이후 오랜 시간 내 길을 묵묵히 걸어갈 수 있었다.

피렌체가 각별한 건 남편도 마찬가지다. 그가 언젠가 "죽을 곳을 선택할 수 있다면, 단연 피렌체지"라는 말을 한 적이 있는데, 간담이 서늘해지면서도 그 말의 의미를 단번에 이해할 수 있었다. 나라면 죽으러 간다는 생각보다는 거기서 한번 잘 살아 볼 수 없을까 하는 생각을 먼저 한다는 차이가 있지만, 세기의 천재들이 재능을 꽃피웠고 그들의 흔적이 도시의 거의 전부인 피렌체에서 죽음과 예술과 영원을 생각하는 것은 자연스러운 일이다.

피렌체에서 보낸 한 주 동안 하루 평균 3만 보씩 나란히 걷고 또 걸으면서, 우리는 많이 이야기하고 자주 웃었다. 그리고 종종 자문했다. 왜 우리는 피렌체를 (이토록) 사랑하는가, 하고. 우리는 그 질문에 수십 가지의 대답을 할 수 있다. 피렌체에는 브루넬레스키의 놀라운 두오모가 있고, 우피치 미술관이 있다. 피렌체는 단테가 베아트리체를 만난 곳이자 추방되기 전까지 살던 곳이고, 르네상스 시대의 예술작품들이 고스란히 보존되어 있는 곳이며, 골목 곳곳에 가죽 공방이 있고, 그곳에서 멋진 가죽 노트와 문구를 살 수 있다. 또한 정치사에 관심이 있는 우리에게 피렌체는 마키아벨리 《군주론》의 배경이 된 메디치 가문의 흔적과 권력의 그림자를 흥미롭게 더듬어 볼 수 있는 도시기도 하다. 그뿐인가. 피렌체에서 우리는 두꺼운 티본 스테이크를 숯불에 구워 올리브유를 듬뿍 뿌리는 피렌체식 스테이크bistecca alla Fiorentina를 먹을 수 있고, 수준 높은 피렌체식 요리도 맛볼 수 있으며, 저렴한 가격으로 토스카나 와인을 마음껏 마실 수 있다. 인생 최고의 피자를 먹어 본 곳도 피렌체였다. 피렌체의 골목길에서는 누가 갈까 싶은 헌책방들을 자주 마주칠 수 있는데, 우리는 그곳에서 1980년에 출간된 《함께하는 식탁A Tavola Insiem》 같은 책을 싼값에 구매할 수 있었다.

피렌체를 좋아하는 이유는 이처럼 다양하지만, 이번 여행에서 하루 3만 보씩 걸으며 토론을 거듭한 끝에, 우리 두 사람을 공통적으로 매료시키는 피렌체의 힘은 르네상스에 있다는 결론에 이르렀다. 깊은 사유가 그대로 느껴지는 오래된 도시의 우아함을 여전히 간직하고 있기 때문이라고, 우리는 생각했다. 십수 년 전부터 파리가 빠른 속도로 잃어가고 있는 지적 긴장과 상상력을 이곳에서 느끼기 때문이라고.

한번은 길을 걷다가 남편이 하나의 결론처럼, 툭 하고 이렇게 말했다.

"피렌체에 오면, 더 공부하고 싶고, 뭔가를 창조하고 싶어져."

그랬다. 우리가 이 도시를 사랑하는 공통의 이유가 그 한마디에 다 담겨 있었다.

산타크로체 성당 앞 광장에서였다. 둘 중 누군가 "우리 예전에 여기 왔을 때 저기에 테라스가 엄청나게 큰 식당이 있었잖아. 지금은 닫은 건가? 거기 맛있었는데" 하고 물었고, 이를 시작으로 "그러게. 그런데 그게 벌써 언제야? 딱 10년 전이네!", "그때 우리 참 돈은 없고 하고 싶은 건 많았지" 같은 대화가 이어졌다. 그리고 '여기 온 지 10주년'이라는, 갑자기 만들어진 의미 앞에서 둘 다 기분이 좋아져서는 광장에 있는 와인바 테라스에 자리를 잡고 앉기에 이르렀다. 오후의 끝, 퇴근하는 주민들과 운동하는 아이들이 광장에서 바쁘게 움직이고 있었다.

볼로냐로 떠나기 몇 주 전 파리에서, 잠시 떨어져 있는 동안 각자 향후 10년의 방향을 고민하고 피렌체에서 만나면 함께 구체적으로 이야기해 보자고, 남편에게 제안했었다. 새로운 세기가 시작되거나 10년 단위의 무언가가 시작된 것도 아닌데, 왜 갑자기 10년을 떠올렸는지 모르겠다. 불현듯 10년 단위의 방향을 설정할 시기가 왔다는 직관적인 생각이 들었는데, 매일 각자의 스케줄로 바쁜 일상에서는 얼굴을 마주 보고 당장 내일도 아닌 10년의 큰 그림을 이야기한다는 게 불가능하다고 느꼈다. 각자 충분히 생각해 보고 여행지의 여유를 이용하자는 생각이었다.

산타크로체 광장에 앉아 우리는 지난 10년간 해낸 것들과 여전히 두려워하는 것들과 꼭 해야 하지만 용기 내지 못하는 일들을 이야기했다. 돌아보니 세상이 우리 편일 거라는 순진하고 막연한 믿음으로 10년의 세월을 보냈고, 세상은 절대 우리 편일 리 없다는 좌절감과 두려움으로 다음 10년의 대부분을 보냈다. 안 될 거라고 짐작하고 겁을 먹었던 몇 개의 일들은 놀랍게도 쉽게 이룰 수 있었고, 될 거라고 믿어 의심치 않았던 많은 일들은 이루지 못했다. 그 성취와 절망의 과정에서 우리는 몰랐던 서로의 욕망과 약점과 새로운 얼굴을 보았고, 때로는 외면하고 때로는 맞서 싸웠다. 지금 우리는 얼마나 삶을, 세상을, 서로를 있는 그대로 바라보게 되었을까? 그리고 10년 후의 고민은 여기에서 얼마나 넓고 깊어질 것인가. 이렇게 10년이 몇 번 지나가면 우리의 생도 끝날 것이다.

10년 계획을 제안하며, 사실 남편에게서 간절히 듣고 싶은 말이 있었다. 나는 남편이 글쓰기를 시작하기를, 그것을 고민하기를 바랐다. 대학 시절, 나는 그를 만나기 전에 소문이 무성하던 그의 글에 먼저 매료됐고, 여전히 그가 삶에서 꼭 해야 할 일은 쓰는 일이라고 믿는다. 간절하게 갈망하지 않아 허무하게 꺼져 버리는 재능들을 살면서 자주, 안타깝게 목격해 왔고 세상의 많은 일이 성취되는 데에는 타고난 재능보다 간절한 갈망이 더 효율적이라고 생각하게 됐다.

미래의 계획을 이야기하고 나면 어쨌거나 기분이 좋아진다. 우리는 취기 어린 흥분으로 피렌체의 석양을 가장 잘 볼 수 있는 미켈란젤로 언덕에 올랐다. 그곳에서 바람에 흔들리는 사이프러스 나무들과 브루넬레스키의 두오모와 유유히 흐르는 강물과 베키오 다리와 주홍빛으로 물든 도시를 넋이 나간 듯 한참 바라보았다. 한쪽에서 대학생으로 보이는 스페인 청년들이 기타를 치고 노래를 부르고 있었다.

어느새 마음이 침착해졌다. 이제 가야지, 하며 일어서서 내려가는데 남편이 휴대폰을 귀에 대고 생각에 잠겨 있었다. 통화를 하는가 했더니 듣기만 했다. "왜? 무슨 일이야?" 하자 "아드리앙이 메시지를 남겼는데 한번 들어 볼래?" 하면서 전화기를 건넸다. 아드리앙은 남편이 직장에서 만나 친해진, 이제는 옛 동료가 된 친구다. 전화기 속에서 웬일인지 장난기 하나 없는 진지한 목소리가 흘러나왔다.

"친구야, 네가 피렌체에 가서 다양한 이탈리아 음식을 맛보고 와인을 마시고 있을 것을 그려 보다가, 꼭 해 주고 싶은 말이 있어서 이렇게 메시지를 남긴다. 알다시피 나는 게을러서 문자메시지를 쓰는 것도 싫어하잖아. 반면에 너는 짧은 문자메시지도, 장문의 글도 누구든 집중해서 금방 읽을 수 있도록 명료하게 써 내지.

그래서 이 말을 꼭 해 주고 싶었어. 거기에 있는 동안 나는 네가 꼭 네 글을 쓸 결심을 하길 바란다. 그곳에서 바로 글쓰기를 시작한다면 더할 나위 없지. 친구야, 나는 너를 가로막는 것이 두려움이라는 걸 잘 알고 있다. 거절당할 것에 대한 두려움, 욕심만큼의 결과물을 내지 못할 것에 대한 두려움, 칭찬받지 못할 것에 대한 두려움이 너의 시작을 가로막고 있지. 하지만 우리는 더 이상 두려움에 멈춰 있을 수 있는 나이가 아니야. 나는 네가 여행을 마치고 돌아와 우리에게 얼마나 정확하고 화려한 솜씨로 그곳의 음식들과 와인과 문화와 사람들을 묘사하고 설명해 줄지 알고 있어. 그건 우리만 알기에는 너무 아까운 이야기들이야. 우리에게 말하지 말고 글로 써서 더 많은 사람들에게 나눠 줘. 그걸 잡지에 보내고, 기자들에게 보내고, 출판사에 보내. 내가, 우리가 장담할 수 있어. 너의 재능을 알아봐 줄 누군가가 곧 반드시 나타날 거야. 꼭 글을 써라."

사람이 품고 있는 어떤 에너지는 너무나 명백한 나머지 아무리 감추려 애써도 감춰지지 않는다. 내가 알기로 남편은 글을 쓰고 싶다는 이야기를 누구에게도 하지 않는다.

우리는 한동안 말이 없었다.

"10년 후에 말이야, 너는 오늘을 어떤 마음으로 기억하게 될까?"

길게 이어지는 아르노 강변을 오래 걷다가 내가 이런 말을 했던 것도 같고, 생각만 했던 것도 같다. 그의 대답을 들은 기억이 없는 걸 보면.

외국어의 마술

오늘의 이탈리아어

Mamma mia!
웬일이야!

2주의 여정을 마치고 파리행 비행기를 타기 위해 도착한 볼로냐 공항 탑승 대기실은 출발이 지연된 항공편에 따른 대기자들로 인산인해를 이루고 있었다. 남편과 나는 지쳤고, 탑승까지 한 시간이 넘게 남아 있었으며, 나는 2주일 전 파리 공항에서 비행기 고장으로 세 시간 넘게 기다린 기억이 있었다. 우리는 일사불란하게 빈자리를 찾아 나섰고, 자리에 앉자마자 남편은 모든 짐들을 내게 남기고 이탈리아 식품과 주류를 파는 면세점을 향해 떠나 버렸다.

오른쪽 옆자리에 양복을 말끔하게 빼입은 이탈리아 남자가 노트북을 심각하게 들여다보고 있었다. 흘낏 보니 아웃룩 메일이었다. 가져간 책을 모두 부쳐 버려 할 일이 없었으므로, 나는 그의 메일에 자꾸 관심이 갔다. 그가 갑자기 한숨을 푹 쉬더니 전화기를 들었다.

"안드레아노? 메일 잘 받았는데, (한숨) 메일을 이렇게 쓰면 어떻게 하나? 중요한 정보가 다 빠져 있잖아. 이 앞에 (메일을 읽으면서) ○○○○ 같은 내용을 썼으면, 이 뒤에는 ○○○ 같은 정보가 나와야지."

화가 난 옆자리 남자의 말을 듣고 있으려니 뇌가 퍼뜩 깨어났다. 굳이 상상력을 발동시키지 않아도 그 몇 마디만으로 너무 잘 알 것 같은 상황이 전개되고 있었다. 안드레아노의 직장 상사인 옆자리 남자는 현재 출장으로 이동 중이고, 그 출장과 관계된 건으로 안드레아노에게 보고받을 일이 있어 메일을 기다렸다. 그러나 안드레아노의 메일은 한참을 기다린 후에야 도착했고, 설상가상으로 중언부언하고 있어 짜증이 난 걸 거다. 화가 난 옆자리 남자는 쉴 새 없이 말을 이어 갔다.

"안드레아노, 여러 명이 같이 팀으로 일할 때는 말이야, 특히 이렇게 각각 다른 곳에서, 다른 환경에서 일하고 있을 때는 최대한 간단하고 명료하게 쓰고, 정확한 정보를 짚어 줘야 되는 거야. 생각을 해 봐, 너는 지금 조용한 사무실에 앉아 있지만, 누군가는 시끄럽고 사람 많은 곳에서 정신없이 네 메일을 읽을 수도 있잖아. 그런데 이렇게 쓰면 모두가 꼭 알아야 하는 정보가 제대로 공유되겠니?"

듣고 있노라니 다 맞는 말이다. 게다가 그저 혼내기만 하는 게 아니고 설명까지 잘해 주니, 옆자리 남자는 좋은 상사 같다. 그러나 똑똑하고 꼼꼼한 상사와 덤벙거리는 부하 직원은 최악의 궁합이다(한숨……). 안드레아노, 오늘 밤 술이 고프겠군, 싶은데 옆자리 남자가 전화를 끊는다. "Ciao, a domani(내일 보자)" 같은 끝인사를 들은 기억이 없는데, 그렇다면 남자는 화가 나서 그냥 전화를 끊어 버린 걸까? 설마 화가 난 안드레아노가 대답 없이 끊어 버린 건 아니겠지? 안드레아노의 미래가 걱정되려는데, 옆자리 남자의 목소리가 또 들려온다. 전화가 아니다. 궁금함을 참지 못하고 고개를 돌리니, 아까는 보지 못했던 고급 양복을 빼입은 중년의 남자들이 몇 명 더 있었다.

옆자리 남자가 "안드레아노, 아우 정말……. 이걸 언제까지 가르쳐 줘야 하냐고. 이 메일을 봐" 하면서 한숨을 쉬니, 다른 남자가 말한다.

"안드레아노가 대학 졸업한 지 얼마 안 됐잖아. 어려서 그렇지."

그러자 옆자리 남자가 말한다.

"문제가 확실히 있어. 실수가 너무 많아. 안드레아노가 무슨 일을 하면 내가 두 번씩 점검을 꼭 해야 하는데, 언제까지 그래야 하냐고. 스트레스가 이만저만이 아니야. 내가 한두 번 얘기한 게 아닌데. 기다려도 변하는 게 없어."

다른 남자의 목소리가 들린다.

"그렇지만 안드레아노는 다이나믹한 면이 있어. 다른 직원 중에 안드레아노만큼 활동적인 사람이 없는데, 그런 점은 크게 도움이 된다고 봐."

듣다 보니, 1 대 3 정도로 안드레아노를 감싸 주는 목소리가 많다. 이 녀석, 잘리지는 않겠군, 싶은데 옆자리 남자가 말한다.

"반면에 알베르토는 말이야. 둘이 아마 동갑일걸. 알베르토를 생각해 봐. 다르잖아."

이런, 경쟁자가 있었다. 막 흥미진진해지는데 옆자리 남자의 목소리가 멀어진다. 궁금함을 참지 못하고 또 한 번 고개를 돌리니, 아마도 더 큰 결정권이 있을 것 같은 머리 희끗희끗한 중년의 남자에게 가서 무언가를 심각하게 이야기한다. 안드레아노의 운명이 아슬아슬한 것 같아 안타깝다. 내가 안드레아노의 상사라면 어떤 결정을 할까? 나의 사회

초년생 시절로 돌아가 당시의 직장 상사와 어떤 갈등이 있었더라 기억을 더듬어 보는데 다시 옆자리 남자의 목소리가 들린다. "Pronto(여보세요)?" 하는 걸로 보아 전화다.

"안드레아노? 메일 봤어. 그래, 괜찮아. 다시 읽어 보자."

안드레아노가 다시 메일을 썼나 보다. 남자가 전화를 끊지 않고 메일 내용을 중얼중얼 읽는다.

"좋아, 좋아. 잘됐고, 여기도 좋아. 마무리도 괜찮고. 봐, 집중해서 하니까 다 잘하잖아. 잘했어. 수고 많았어. 그래 너도 좋은 저녁 보내."

전화를 끊자마자 서둘러 노트북을 정리하더니 남자는 다른 양복 일행과 함께 자리를 떴다. 아이고, 다행이다. 안드레아노가 마무리를 잘한 것 같아 얼굴에 미소가 지어지려는 찰나, 깨달았다. 지금까지 이게 다 이탈리아어였던 거잖아? 이걸 다 내가 이해했다고?

그 순간부터 나는 자리에서 꼿꼿이 허리를 펴고 사방에서 들려오는 소리에 집중해 보았다. 공공장소에서 사적인 대화를 큰 소리로 하는 통에 평소 시끄럽게만 느껴졌던 이탈리아 사람들의 모든 말들이 의미를 가지고 귀에 들어오고 있었다.

뒤에 앉은 여자는 전화로 "샴페인이 200유로나 하더라고. 그걸 살까 말까 계속 고민했는데, 안 사려고. 그냥 화이트와인도 괜찮지 않아? 저녁 메뉴가 뭐라고 했지?" 같은 말을 하며 누군가와 저녁 파티를 준비하고 있었고, 앞자리 남자는 전화로 "파올로가 어디 갔다고 했지? 시칠리아? 언제 온다고?" 하며 친구 모임을 조직하고 있었다.

머릿속 가득 헨델의 메시아 〈할렐루야〉가 울려 퍼졌다. 종교가 있는 건 아니지만, 이 순간의 환희를 그만큼 표현해 주는 곡이 달리 없었던 모양이다. 그렇다, 환희다. 내 이탈리아어 공부 역사에 이런 순간이 오기는 하는구나. 독심술을 터득한 영화 속 인물도 떠올랐다. 어느 날 잠에서 깼는데 사람들의 마음속 소리가 들리는 초능력을 갖게 되면 이런 기분일까?

지난 2주간 들리지 않는 소리와 쉽게 나오지 않는 단어들에 절망하며 보냈는데, 들리는 소리에 집중하니 사실 나는 생각보다 많은 말들을 잘 듣고 이해하고 있었다. '이렇게 해서 될까?' 하며 깊은 한숨을 쉬던 볼로냐의 새벽들과 하루에도 수십 번씩 사람들의 말이 들리지 않아 한없이 작아지던 시간은 헛되지 않았다. 칠흑 같은 시간에도 노력의 흔적들은 소복소복 쌓여 갔다.

외국어를 배우는 일은 때로 이렇게 마술 같은 순간을 선사하고, 그 순간의 희열은 살면서 느끼는 그 어떤 성취감에도 뒤지지 않을 만큼 강렬하다. 그러나 프랑스어를 오랫동안 배워 온 경험으로 내가 또 아는 한 가지는 이 환희의 순간이 오래 지속되지 않는다는 것이다. '고작 나는 이 정도인가' 하는 자괴감에 일상의 게으름을 떨치고 일어나야 하는 고통이 곧 찾아올 것이다. 파리에 돌아가면 일상에서 쓰임이 없을 이 언어에 나의 귀는 무뎌질 것이고, 토요일 오전 이탈리아어 수업의 즐거움은 어느 순간부터 한 주의 무게와 피로에 파묻혀 사라지게 될 수도 있다. 레벨이 올라갈수록 이탈리아어는 계속 어려워질 것이고, 나는 그 앞에서 '이 정도면 충분하지 않을까?' 하는 유혹에 마음이 흔들릴 것이다. 잘 알고 있다. 그러므로 이 순간을 기억해야 한다. 기억하고 계속 나아가야 한다. 지속하는 사람만이 더 높은 단계의 성취감을 맛볼 수 있으니까.

내가 조금 좋아졌다

볼로냐에 있는 동안, 어학연수 이후 나의 이탈리아어가 어떨지 자주 상상했다. 갑자기 말이 확 트이고 모두가 놀랄 만큼 유창해지는 건 아닐까, 프란체스카 선생님이 더 이상 기초반 수업을 듣지 않아도 되겠다고 하면 어쩌지? 상상하면서.

물론 그런 갑작스러운 일은 일어나지 않았다. 삶은 때로 예기치 않은 신비와 행운을 선사해 우리를 살맛 나게 하지만, 외국어 실력에 있어서만큼은 얄미울 만큼 원칙을 벗어나는 일이 없다. 그저 방망이 깎는 노인의 자세로 계속 노력하는 수밖에 없다. 나는 아무 일도 없던 것처럼 겸허한 마음으로 매일 저녁 묵묵히 숙제를 하고 토요일 아침이 되면 책

가방을 메고 이탈리아 문화원에 갔다.

그리고 몇 주 후에는 피렌체의 남자 험프리로부터 "억양과 발음은 확실히 좋아졌네요. 놀라울 만큼"이라는 말을 들었다. 프란체스카 선생님도 세차게 고개를 끄덕여 주었지만, 어차피 나는 상관없었다. 이탈리아어의 길은 아직도 멀고, 볼로냐 여행은 내 인생의 소중한 사건으로서 이미 그 소임을 다하고 있었으니까.

파리에서의 한 계절이 지났고 그렇게 한 학기가 끝났다. 이번에도 정원을 채울 수 있을지 모르는 긴장 속에서 수강생 모집이 시작됐고, 나는 개인적인 사정으로 등록하지 못했다. 수업은 언제라도 신청하면 되지만, 이로써 프란체스카 선생님 수업은 다시 듣기 어렵게 됐다. 안타깝고 서운한 마음을 이탈리아어 문장들로 만들어 프란체스카 선생님께 메일을 보냈다. 다음 날 아침, 이런 말이 담긴 답장이 돌아왔다.

"미성, 이탈리아어 공부를 꼭 계속하기를 바랍니다. 당신은 좋은 능력을 가지고 있어요(Spero che potrai continuare a studiare l'italiano, hai buone capacità)."

문장 뒤로 무뚝뚝한 프란체스카 선생님의 희미한 미소가 보이는 것 같았다. 쉽지 않았던 성장 과정을 모두 지켜본 기초반 선생님의 마지막 인사를, 나는 살면서 격려가 필요할 때마다 자주 꺼내 볼 것이다.

돌아보니 딱 1년이다. 이탈리아어로는 알파벳도 읽을 줄 모르던 내가 이탈리아어로 메일까지 주고받게 된 시간이. 1년 전의 내가 그토록 부러워하던 사람이 바로 지금의 나다. 다만 1년 전에는 몰랐다. 어른이 되어 꼭 배울 필요 없는 외국어를 공부할 때, 비단 외국어만 할 수 있게 되는 건 아니라는 것을. 1년 사이 내 삶의 변화 중 이탈리아어는 어쩌면 가장 작은 부분일지 모른다. 더 큰 변화가 내면에서 일어났으므로.

결론적으로 나는 나를 조금 좋아하게 됐다. 스스로에게 없던 신뢰가 생겼고, 더 많은 일들이 가능하다고 여기게 됐다. 도통 늘지 않는 외국어를 부둥켜안고 작은 걸음이라도 떼 보려고 애쓰던 고통의 시간을 통과했으므로 얻어진 힘이다.

나 자신에게 집중하는 즐거움이 커지니 많은 관계에서 자유로워진 것도 큰 변화다. 1년 전이었다면 머릿속에서 놓지 못하고 잠 못 이루었을 많은 일들이, 점점 각각의 무게만큼만 더 무겁지도 가볍지도 않게 여겨진다. 먼지처럼 흩어져 사라질 일들은 딱 그 정도의 의미로 내보내는 일이, 이제 조금 덜 어렵다. 내게는 더 중요하고 흥미로운 일들이 기다리고 있으니까. 내 마음의 시야는 1년 전의 그것보다 더 넓고 멀리 뻗어 있다.

그리고 주말의 힘을, 아니 밀도 있는 시간이 축적될 때의 힘을 신봉하게 됐다. 혼자 있는 시간의 밀도는 지속적인 훈련을 통해 만들어진다. 또한 온전히 내 안에 몰입하는 주말을 위해서는 주중의 시간을 건강하게 만들어야 하고, 주말을 어떻게 보냈는지가 주중의 시간을 결정한다는 것을 깨닫게 됐다. 내게는 오랫동안 숙제였던 두 개의 자아, 직장인으로서 나와 자유로운 개인으로서 나는 마치 샴쌍둥이와 같이 각각이 서로를 살게 한다는 것을, 이제 너무 잘 알겠다.

여기까지, 나의 이탈리아어 여정의 초입이었다. 이 이야기는 앞으로 오랫동안 다채롭게 이어질 것이다. 이제 내게는 새로운 목표가 있다. 나는 조금씩 단테의 《신곡》을, 페란테의 소설을, 이탈리아 원어로 읽어 볼 생각이다. 잘 몰랐던 오페라의 세계에도 입문해 볼 참이다. 이탈리아어를 배우기 전에는 상상조차 못 했던 일들이, 아무렇지도 않게 일어나고 있다. 외국어는 결국 새로운 세계로 들어가는 문이었다. 문을 열고 들어서니, 더디고 고생스러웠던 과정은 금세 잊히고 몰랐던 세계가 놀랍게 펼쳐진다. 나의 사적인 외국어 공부가 나를 여기까지 데려다 놓았다. 나는 작고 보잘것없지만, 나의 세계는 계속 커지고 있다.

외국어를 배워요, 영어는 아니고요

I'm Learning a Foreign Language, Not English

ⓒ 곽미성, Printed in Korea

1판 2쇄 2024년 3월 20일
1판 1쇄 2023년 6월 5일
ISBN 979-11-89385-41-5

지은이 곽미성
일러스트 은작가
펴낸이 김정옥
편집 김정옥, 조용범, 눈씨
마케팅 황은진
디자인 김민정
종이 한승지류유통
제작 정민문화사

펴낸곳 도서출판 어떤책
주소 03706 서울시 서대문구 성산로 253-4 402호
전화 02-333-1395
팩스 02-6442-1395
전자우편 acertainbook@naver.com
블로그 acertainbook.com
페이스북 www.fb.com/acertainbook
인스타그램 www.instagram.com/acertainbook_official